宮沢賢治詩集

新装版

ハルキ文庫

角川春樹事務所

宮沢賢治詩集

目次

心象スケッチ　春と修羅　第一集

序 …… 13
屈折率 ……（一九二二・一・六）…… 17
くらかけの山の雪 ……（一九二二・一・六）…… 18
日輪と太市 ……（一九二二・一・九）…… 19
カーバイト倉庫 ……（一九二二・一・一二）…… 19
コバルト山地 ……（一九二二・一・二二）…… 20
ぬすびと ……（一九二二・三・二）…… 21
恋と病熱 ……（一九二二・三・二〇）…… 22
春と修羅 ……⦅一九二二・四・八⦆…… 23
春光呪詛 ……（一九二二・四・一〇）…… 26
陽ざしとかれくさ ……（一九二二・四・二三）…… 27
雲の信号 ……（一九二二・五・一〇）…… 29
真空溶媒 ……⦅一九二二・五・一八⦆…… 30

蠕虫舞手《アンネリダタンツエーリン》……（一九二二・五・二〇）……45
小岩井農場　パート一・パート九……（一九二二・五・二一）……49
林と思想……（一九二二・六・四）……61
報告……（一九二二・六・一五）……62
岩手山……（一九二二・六・二七）……63
高原……（一九二二・六・二七）……63
原体剣舞連《げんたいけんばひれん》……⦅一九二二・八・三一⦆……64
東岩手火山……（一九二二・九・一八）……68
永訣の朝……⦅一九二二・一一・二七⦆……81
松の針……⦅一九二二・一一・二七⦆……85
無声慟哭《どうこく》……⦅一九二二・一一・二七⦆……87
白い鳥……（一九二三・六・四）……90
青森挽歌《ばんか》……（一九二三・八・一）……93
風景とオルゴール……（一九二三・九・一六）……109
イーハトヴの氷霧……（一九二三・一一・二二）……113
冬と銀河ステーション……（一九二三・一二・一〇）……113

春と修羅　第二集

晴天恣意《しい》……一九二四・三・二五……119
早春独白……一九二四・三・三〇……122
休息……一九二四・四・四……125
鳥の遷移《せんい》……一九二四・六・二一……127
薤露《かいろ》青《せい》……一九二四・七・一七……128
［夜の湿気と風がさびしくいりまじり］……一九二四・一〇・五……132
異途への出発……一九二五・一・五……132
未来圏からの影……一九二五・二・一五……134
住居……一九二五・九・一〇……135
鬼言（幻聴）……一九二五・一〇・一八……135
告別……一九二五・一〇・二五……136
岩手軽便鉄道の一月……一九二六・一・一七……140

春と修羅　第三集・補遺詩篇

補遺詩篇

夜 …… 168

詩ノート・疾中

詩ノート

〔今日は一日あかるくにぎやかな雪降りです〕 …… 一九二七・三・四 …… 171
〔黒と白との細胞のあらゆる順列をつくり〕 …… 三・二八 …… 172
政治家 …… 一九二七・五・三 …… 173
〔何と云はれても〕 …… 一九二七・五・三 …… 174
〔サキノハカといふ黒い花といっしょに〕 …… 175
〔わたくしどもは〕 …… 一九二七・六・一 …… 176

疾中

病床 …… 178
眼にて云ふ …… 179

短歌　抄

初期断章・短篇

心象スケッチ　『春と修羅』第一集より

序

わたくしといふ現象は
仮定された有機交流電燈の
ひとつの青い照明です
（あらゆる透明な幽霊の複合体）
風景やみんなといつしよに
せはしくせはしく明滅しながら
いかにもたしかにともりつづける
因果交流電燈の
ひとつの青い照明です
（ひかりはたもち　その電燈は失はれ）

これらは二十二箇《か》月の
過去とかんずる方角から
紙と鉱質インクをつらね

（すべてわたくしと明滅し
　みんなが同時に感ずるもの）
ここまでたもちつゞけられた
かげとひかりのひとくさりづつ
そのとほりの心象スケッチです

これらについて人や銀河や修羅《しゆら》＊や海胆は
宇宙塵《ぢん》をたべ　または空気や塩水を呼吸しながら
それぞれ新鮮な本体論もかんがへませうが
それらも畢竟《ひつきやう》こゝろのひとつの風物です
たゞたしかに記録されたこれらのけしきは
記録されたそのとほりのこのけしきで
それが虚無ならば虚無自身がこのとほりで
ある程度まではみんなに共通いたします
（すべてがわたくしの中のみんなであるやうに
　みんなのおのおののなかのすべてですから）

けれどもこれら新生代沖積世*の
巨大に明るい時間の集積のなかで
正しくうつされた筈《はず》のこれらのことばが
わづかその一点にも均《ひと》しい明暗のうちに
　（あるいは修羅の十億年）
すでにはやくもその組立や質を変じ
しかもわたくしも印刷者も
それを変らないとして感ずることは
傾向としてはあり得ます
けだしわれわれがわれわれの感官や
風景や人物をかんずるやうに
そしてたゞ共通に感ずるだけであるやうに
記録や歴史　あるいは地史といふものも
それのいろいろの論料《データ》といつしよに
（因果の時空的制約のもとに）
われわれがかんじてゐるのに過ぎません
おそらくこれから二千年もたつたころは

それ相当のちがつた地質学が流用され
相当した証拠もまた次次過去から現出し
みんなは二千年ぐらゐ前には
青ぞらいつぱいの無色な孔雀が居たとおもひ
新進の大学士たちは気圏のいちばんの上層
きらびやかな氷窒素《ひょうちつそ》のあたりから
すてきな化石を発掘したり
あるいは白堊紀《はくあき》*砂岩の層面に
透明な人類の巨大な足跡を
発見するかもしれません

すべてこれらの命題は
心象や時間それ自身の性質として
第四次延長のなかで主張されます

大正十三年一月廿日

宮澤賢治

屈折率

七つ森のこつちのひとつが
水の中よりもつと明るく
そしてたいへん巨《おほ》きいのに
わたくしはでこぼこ凍つたみちをふみ
このでこぼこの雪をふみ
向ふの縮れた亜鉛《あえん》の雲へ
陰気な郵便脚夫《きやくふ》のやうに
　（またアラツデイン　洋燈《ラムプ》とり）
急がなければならないのか

くらかけ山の雪

たよりになるのは
くらかけつづきの雪ばかり
野はらもはやしも
ぽしやぽしやしたり黝《くす》んだりして
すこしもあてにならないので
まことにあんな酵母《かうぼ》のふうの
朧《おぼ》ろなふぶきではありますが
ほのかなのぞみを送るのは
くらかけ山の雪ばかりです

日輪と太市

日は今日は小さな天の銀盤で
雲がその面《めん》を
どんどん侵してかけてゐる
吹雪《フキ》も光りだしたので
太市は毛布《けつと》の赤いズボンをはいた

カーバイト倉庫

まちなみのなつかしい灯とおもつて
いそいでわたくしは雪と蛇紋岩《サーペンタイン》との
山峡《さんけふ》をでてきましたのに

これはカーバイト倉庫の軒
すきとほつてつめたい電燈です
（みぞれにすつかりぬれたのだから
　烟草に一本火をつけろ）
汗といつしよに擦過する
この薄明のなまめかしさは
寒さからだけ来たのでなく
さびしさからだけ来たのでもない

コバルト山地

コバルト山地の氷霧《ひやうむ》のなかで
あやしい朝の火が燃えてゐます
毛無森《けなしのもり》のきり跡あたりの見当《けんたう》です

たしかにせいしんてきの白い火が
水より強くどしどしどしどし燃えてゐます

ぬすびと

青じろい骸骨星座のよあけがた
凍《こご》えた泥の乱反射をわたり
店さきにひとつ置かれた
提婆《だいば》のかめ*をぬすんだもの
にはかにもその長く黒い脚《あし》をやめ
二つの耳に二つの手をあて
電線のオルゴールを聴《き》く

恋と病熱

けふはわたしの額《ひたひ》もくらく
烏《からす》さへ正視できない
　いもうとはちやうどいまごろ
つめたく陰気な青銅《ブロンヅ》いろの病室で
透明薔薇《ばら》の火に燃されだす
ほんたうに　けれども妹よ
けふはわたしもあんまり重くひどいから
やなぎの花もとつて行かない

春と修羅
（mental sketch modified）

心象のはひいろはがねから
あけびのつるはくもにからまり
のばらのやぶや腐植《ふしよく》の湿地
いちめんのいちめんの諂曲《てんごく》模様*
（正午の管楽《くわんがく》よりもしげく
琥珀《こはく》のかけらがそそぐとき）
いかりのにがさまた青さ
四月の気層のひかりの底を
唾《つばき》し　はぎしりゆききする
おれはひとりの修羅なのだ
（風景はなみだにゆすれ）
砕《くだ》ける雲の眼路《めぢ》をかぎり
　れいろうの天の海には

聖玻璃《せいはり》の風が行き交《か》ひ
ZYPRESSEN* 春のいちれつ
　くろぐろと光素《エーテル》を吸ひ
　その暗い脚並《あしなみ》からは
　　天山の雪の稜さへひかるのに
　　（かげろふの波と白い偏光《へんくわう》）
　　まことのことばはうしなはれ
　　　雲はちぎれてそらをとぶ
　ああかがやきの四月の底を
　はぎしり燃えてゆききする
おれはひとりの修羅なのだ
（玉髄《ぎよくずい》の雲がながれて
　どこで啼《な》くその春の鳥）
日輪青くかげろへば
　　修羅は樹林に交響し
　　陥《おち》りくらむ天の椀《わん》から
　　　黒い木の群落が延び

その枝はかなしくしげり
　すべて二重の風景を
　喪神《さうしん》の森の梢《こずゑ》から
ひらめいてとびたつからす
（気層いよいよすみわたり
　ひのきもしんと天に立つころ）
草地の黄金《きん》をすぎてくるもの
ことなくひとのかたちのもの
けらをまとひおれを見るその農夫
ほんたうにおれが見えるのか
まばゆい気圏の海のそこに
（かなしみは青々ふかく）
ZYPRESSEN　しづかにゆすれ
鳥はまた青ぞらを截《き》る
（まことのことばはここになく
　修羅のなみだはつちにふる）

あたらしくそらに息つけば
ほの白く肺はちぢまり
（このからだそらのみぢんにちらばれ）
いてふのこずゑまたひかり
ZYPRESSEN　いよいよ黒く
雲の火ばなは降りそそぐ

春光呪詛

いつたいそいつはなんのざまだ
どういふことかわかつてゐるか
髪がくろくてながく
しんとくちをつぐむ
ただそれつきりのことだ

春は草穂《くさぼ》に呆《ぼう》け
　うつくしさは消えるぞ
　（ここは蒼《あを》ぐろくてがらんとしたもんだ）
頬がうすあかく瞳《ひとみ》の茶いろ
ただそれつきりのことだ
　（おおこのにがさ青さつめたさ）

陽ざしとかれくさ

どこからかチーゼルが刺《さ》し
光《くわう》パラフキンの　蒼いもや
わをかく　わを描く　からす
烏《からす》の軋《きし》り……からす器械……
（これはかはりますか）

（かはります）
（これはかはりますか）
（かはります）
（これはどうですか）
（かはりません）
（そんなら　おい　ここに
雲の棘《とげ》をもつて来い　はやく）
（いゝえ　かはります　かはります）
…………………………刺し
光パラフキンの蒼いもや
わをかく　わを描く　からす
からすの軋り……からす機関

雲の信号

あゝいゝな　せいせいするな
風が吹くし
農具はぴかぴか光つてゐるし
山はぼんやり
岩頸《がんけい》だつて岩鐘《がんしやう》だつて
みんな時間のないころのゆめをみてゐるのだ
　そのとき雲の信号は
　もう青白い春の
　禁慾のそら高く掲《かか》げられてゐた
山はぼんやり
きつと四本杉には
今夜は雁《かり》もおりてくる

真空溶媒
(Eine Phantasie im Morgen)*

融銅《ゆうどう》*はまだ眩《くら》めかず
白いハロウも燃えたたず
地平線ばかり明るくなつたり陰《かげ》つたり
はんぶん溶けたり澱んだり
しきりにさつきからゆれてゐる
おれは新らしくてパリパリの
銀杏《いてふ》なみきをくぐつてゆく
その一本の水平なえだに
りつぱな硝子《ガラス》のわかものが
もうたいてい三角にかはつて
そらをすきとほしてぶらさがつてゐる
けれどもこれはもちろん
そんなにふしぎなことでもない

おれはやつぱり口笛をふいて
大またにあるいてゆくだけだ
いてふの葉ならみんな青い
冴《さ》えかへつてふるへてゐる
いまやそこらは alcohol 瓶《びん》のなかのけしき
白い輝雲《きうん》のあちこちが切れて
あの永久の海蒼《かいさう》がのぞきでてゐる
それから新鮮なそらの海鼠《なまこ》の匂《にほひ》
ところがおれはあんまりステツキをふりすぎた
こんなににはかに木がなくなつて
眩《まば》ゆい芝生《しばふ》がいつぱいいつぱいにひらけるのは
さうとも　銀杏並樹《いてふなみき》なら
もう二哩《マイル》もうしろになり
野の緑青《ろくせう》の縞《しま》のなかで
あさの練兵をやつてゐる
うらうら湧《わ》きあがる昧爽《まいさう》のよろこび
氷ひばりも啼いてゐる

そのすきとほつたきれいななみは
そらのぜんたいにさへ
かなりの影《えい》きやうをあたへるのだ
すなはち雲がだんだんあをい虚空《こくう》に融《と》けて
たうとういまは
ころころまるめられたパラフキンの団子《だんご》になつて
ぽつかりぽつかりしづかにうかぶ
地平線はしきりにゆすれ
むかふを鼻のあかい灰いろの紳士が
うまぐらゐあるまつ白な犬をつれて
あるいてゐることはじつに明らかだ
（やあ　こんにちは）
（いや　いゝおてんきですな）
（どちらへ　ごさんぽですか
なるほど　ふんふん　ときにさくじつ
ゾンネンタールが没《な》くなつたさうですが
おききでしたか）

（いゝえ　ちつとも
　ゾンネンタールと　はてな）
（りんごが中《あた》つたのださうです）
（りんご　ああ　なるほど
　それはあすこにみえるりんごでせう）
はるかに湛《たた》へる花紺青《はなこんじやう》の地面から
その金いろの苹果《りんご》の樹《き》が
もくりもくりと延びだしてゐる
（金皮のまゝたべたのです）
（そいつはおきのどくでした
　はやく王水をのませたらよかつたでせう）
（王水　口をわつてですか
　ふんふん　なるほど）
（いや王水はいけません
　やつぱりいけません
　死ぬよりしかたなかつたでせう
　うんめいですな

　せつりですな
　あなたとはご親類ででもいらつしやいますか）
（えゝえゝ　もうごくごく遠いしんるゐで）
いつたいなにをふざけてゐるのだ
みろ　その馬ぐらゐあつた白犬が
はるかのはるかのむかふへ遁《に》げてしまつて
いまではやつと南京鼠《なんきんねずみ》のくらゐにしか見えない
（あ　わたくしの犬がにげました）
（追ひかけてもだめでせう）
（いや　あれは高価《たか》いのです
おさへなくてはなりません
　さよなら）
苹果の樹がむやみにふえた
おまけにのびた
おれなどは石炭紀の鱗木《りんぼく》*のしたの
ただいつぴきの蟻でしかない
犬も紳士もよくはしつたもんだ

東のそらが苹果林《りんごばやし》のあしなみに
いつぱい琥珀《こはく》をはつてゐる
そこからかすかな苦扁桃《くへんたう》*の匂《にほひ》がくる
すつかり荒《す》さんだひるまになつた
どうだこの天頂《ちやう》の遠いこと
このものすごいそらのふち
愉快な雲雀《ひばり》もとうに吸ひこまれてしまつた
かあいさうにその無窮遠《むきゆうゑん》の
つめたい板の間《ま》にへたばつて
痩《や》せた肩をぷるぷるしてるにちがひない
もう冗談ではなくなつた
画《ゑ》かきどものすさまじい幽霊が
すばやくそこらをはせぬけるし
雲はみんなリチウムの紅《あか》い焔《ほのほ》をあげる
それからけはしいひかりのゆきき
くさはみな褐藻《かつさう》類にかはられた
こここそわびしい雲の焼け野原

風のヂグザグや黄いろの渦《うづ》
そらがせわしくひるがへる
なんといふとげとげしたわびしさだ
（どうなさいました　牧師さん）
あんまりせいが高すぎるよ
（ご病気ですか
　たいへんお顔いろがわるいやうです）
（いやありがたう
　べつだんどうもありません
　あなたはどなたですか）
（わたくしは保安掛りです）
いやに四かくな背嚢《はいのう》だ
そのなかに苦味《くみ》丁幾《ちんき》*や硼酸《はうさん》や
いろいろはひつてゐるんだな
（さうですか
　今日なんかおつとめも大へんでせう）
（ありがたう

いま途中で行き倒れがありましてな）
（どんなひとですか）
（りつぱな紳士です）
（はなのあかいひとでせう）
（さうです）
（犬はつかまつてゐましたか）
（臨終《りんじふ》にさういつてゐましたがね
犬はもう十五哩もむかふでせう
じつにいゝ犬でした）
（ではあのひとはもう死にましたか）
（いゝえ露《つゆ》がおりればなほります
まあちよつと黄いろな時間だけの仮死《かし》ですな
ううひどい風だ　まゐつちまふ）
まつたくひどいかぜだ
たふれてしまひさうだ
沙漠でくされた駝鳥《だてう》の卵
たしかに硫化水素ははひつてゐるし

ほかに無水亜硫酸
つまりこれはそらからの瓦斯《ガス》の気流に二つある
しようとつして渦になつて硫黄華《いわうくわ》ができる
　　気流に二つあつて硫黄華ができる
　　　　気流に二つあつて硫黄華ができる
（しつかりなさい　しつかり
　もしもし　しつかりなさい
　たうとう参つてしまつたな
　たしかにまゐつた
　そんならひとつお時計をちやうだいしますかな）
おれのかくしに手を入れるのは
なにがいつたい保安掛りだ
必要がない　どなつてやらうか
　　　　　　　どなつてやらうか
　　　　　　　　　どなつてやらうか
　　　　　　　　　　　どなつ……
水が落ちてゐる

ありがたい有難《ありがた》い神はほめられよ　雨だ
悪い瓦斯はみんな溶けろ
（しつかりなさい　しつかり
　もう大丈夫です）
何が大丈夫だ　おれははね起きる
（だまれ　きさま
　黄いろな時間の追剝《おひはぎ》め
　飄然《へうぜん》たるテナルデイ軍曹《ぐんさう》＊だ
　きさま
　あんまりひとをばかにするな
　保安掛りとはなんだ　きさま）
いゝ気味だ　ひどくしよげてしまつた
ちゞまつてしまつたちひさくなつてしまつた
ひからびてしまつた
四角な背嚢ばかりのこり
たゞ一かけの泥炭《でいたん》になつた
ざまを見ろじつに醜い泥炭なのだぞ

背嚢なんかなにを入れてあるのだ
保安掛り　じつにかあいさうです
カムチヤツカの蟹《かに》の缶詰《くわんづめ》と
陸稲《をかぼ》の種子《たね》がひとふくろ
ぬれた大きな靴が片つ方
それと赤鼻紳士の金鎖《きんぐさり》
どうでもいゝ　実にいゝ空気だ
ほんたうに液体のやうな空気だ
（ウーイ　神はほめられよ
　みちからのたたふべきかな
　　ウーイ　いゝ空気だ）
そらの澄明《ちやうめい》　すべてのごみはみな洗はれて
ひかりはすこしもとまらない
だからあんなにまつくらだ
太陽がくらくらまはつてゐるにもかゝはらず
おれは数しれぬほしのまたたきを見る
ことにもしろいマヂエラン星雲

草はみな葉緑素を恢復《くわいふく》し
葡萄糖《ぶどうたう》を含む月光液《げつくわうえき》は
もうよろこびの脈さへうつ
泥炭がなにかぶつぶつ言つてゐる
（もしもし　牧師さん
　あの馳《は》せ出した雲をごらんなさい
　まるで天の競馬のサラアブレッドです）
（うん　きれいだな
　雲だ　競馬だ
　天のサラアブレッドだ　雲だ）
あらゆる変幻《へんげん》の色彩を示し
……もうおそい　ほめるひまなどない
紅彩はあはく変化はゆるやか
いまは一むらの軽い湯気《ゆげ》になり
零下《れいか》二千度の真空溶媒《しんくうようばい》のなかに
すつととられて消えてしまふ
それどこでない　おれのステッキは

いつたいどこへ行つたのだ
上着もいつかなくなつてゐる
チヨッキはたつたいま消えて行つた
恐るべくかなしむべき真空溶媒は
こんどはおれに働きだした
まるで熊の胃袋のなかだ
それでもどうせ質量不変の定律だから
べつにどうにもなつてゐない
といつたところでおれといふ
この明らかな牧師の意識から
ぐんぐんものが消えて行くとは情ない
（いやあ　奇遇《きぐう》ですな）
（おお　赤鼻紳士
たうとう犬がおつかまりでしたな）
（ありがたう　しかるに
あなたは一体どうなすつたのです）
（上着をなくして大へん寒いのです）

（なるほど　はてな
あなたの上着はそれでせう）
（どれですか）
（あなたが着ておいでになるその上着）
（なるほど　ははあ
真空のちよつとした奇術《ツリツク》ですな）
（えゝ　さうですとも
ところがどうもをかしい
それはわたしの金鎖ですがね）
（えゝどうせその泥炭の保安掛りの作用です）
（ははあ　泥炭のちよつとした奇術《ツリツク》ですな）
（さうですとも
犬があんまりくしやみをしますが大丈夫ですか）
（なあにいつものことです）
（大きなもんですな）
（これは北極犬です）
（馬の代りには使へないんですか）

（使へますとも　どうです
　お召しなさいませんか）
（どうもありがたう
　そんなら拝借しますかな）
（さあどうぞ）
おれはたしかに
その北極犬のせなかにまたがり
犬神のやうに東へ歩き出す
まばゆい緑のしばくさだ
おれたちの影は青い沙漠旅行
そしてそこはさつきの銀杏《いてふ》の並樹
こんな華奢《きやしや》な水平な枝に
硝子のりつぱなわかものが
すつかり三角になつてぶらさがる

蠕虫舞手《アンネリダタンツエーリン》＊

　（えゝ　水ゾルですよ
　　おぼろな寒天《アガア》の液ですよ）
日は黄金《きん》の薔薇《ばら》
赤いちひさな蠕虫《ぜんちゅう》が
水とひかりをからだにまとひ
ひとりでをどりをやつてゐる
　（えゝ　8《エイト》　γ《ガムマア》　ε《イー》　6《スイックス》　α《アルファ》
　　ことにもアラベスクの飾り文字）
羽むしの死骸
いちゐのかれ葉
真珠の泡に
ちぎれたこけの花軸《くわぢく》など
　（ナチラナトラのひいさまは
　　いまみづ底のみかげのうへに

黄いろなかげとおふたりで
せつかくをどつてゐられます
いゝえ　けれども　すぐでせう
　まもなく浮いていておいででせう）
赤い蠕虫《アンネリダ》　舞手《タンツエーリン》は
とがつた二つの耳をもち
燐光珊瑚《りんくわうさんご》の環節《くわんせつ》に
正しく飾る真珠のぼたん
くるりくるりと廻《まは》つてゐます
（えゝ　8《エイト》　γ《ガムマア》　ε《イー》　6《スイツクス》　α《アルフア》
　ことにもアラベスクの飾り文字）
背中きらきら燦《かがや》いて
ちからいつぱいまはりはするが
真珠もじつはまがひもの
ガラスどころか空気だま
（いゝえ　それでも
エイト　ガムマア　イー　スイツクス　アルフア

　ことにもアラベスクの飾り文字）
水晶体や鞏膜《きようまく》の
オペラグラスにのぞかれて
をどつてゐるといはれても
真珠の泡を苦にするのなら
おまへもさつぱりらくぢやない
　それに日が雲に入つたし
わたしは石に座《すわ》つてしびれが切れたし
水底の黒い木片は毛虫か海鼠《なまこ》のやうだしさ
それに第一おまへのかたちは見えないし
ほんとに溶けてしまつたのやら
それともみんなはじめから
おぼろに青い夢だやら
（いゝえ　あすこにおいでです　おいでです
　ひいさま　いらつしやいます
8《エイト》　γ《ガムマア》　ε《イー》　6《スイツクス》　α《アルフア》
　ことにもアラベスクの飾り文字）

ふん　水はおぼろで
ひかりは惑《まど》ひ
虫は　エイト　ガムマア　イー　スイックス　アルファ
　ことにもアラベスクの飾り文字かい
　ハツハツハ
（はい　まつたくそれにちがひません
　エイト　ガムマア　イー　スイックス　アルファ
　ことにもアラベスクの飾り文字）

小岩井農場

パート一

わたくしはずゐぶんすばやく汽車からおりた
そのために雲がぎらつとひかつたくらゐだ
けれどももつとはやいひとはある
化学の並川さんによく肖《に》たひとだ
あのオリーブのせびろなどは
そつくりおとなしい農学士だ
さつき盛岡のていしやばでも
たしかにわたくしはさうおもつてゐた
このひとが砂糖水のなかの
つめたくあかるい待合室から
ひとあしでるとき……わたくしもでる

馬車がいちだいたつてゐる
馭者《ぎよしや》がひとことなにかいふ
黒塗りのすてきな馬車だ
光沢《つや》消《け》しだ
馬も上等のハックニー
このひとはかすかにうなづき
それからじぶんといふ小さな荷物を
載《の》つけるといふ気軽《きがる》なふうで
馬車にのぼつてこしかける
（わづかの光の交錯《かうさく》だ）
その陽《ひ》のあたつたせなかが
すこし屈《かが》んでしんとしてゐる
わたくしはあるいて馬と並ぶ
これはあるいは客馬車だ
どうも農場のらしくない
わたくしにも乗れといへばいい
馭者がよこから呼べばいい

乗らなくたつていゝのだが
これから五里もあるくのだし
くらかけ山の下あたりで
ゆつくり時間もほしいのだ
あすこなら空気もひどく明瞭で
樹《き》でも艸《くさ》でもみんな幻燈だ
もちろんおきなぐさも咲いてゐるし
野はらは黒ぶだう酒《しゆ》のコップもならべて
わたくしを款待《くわんたい》するだらう
そこでゆつくりとどまるために
本部までても乗つた方がいい
今日ならわたくしだつて
馬車に乗れないわけではない
（あいまいな思惟《しゐ》の螢光《けいくわう》
　きつといつでもかうなのだ）
もう馬車がうごいてゐる
（これがじつにいゝことだ

　どうしようか考へてゐるひまに
それが過ぎて滅《な》くなるといふこと）
ひらつとわたくしを通り越す
みちはまつ黒の腐植土《ふしよくど》で
雨あがりだし弾力もある
馬はピンと耳を立て
その端《はじ》は向ふの青い光に尖《とが》り
いかにもきさくに馳《か》けて行く
うしろからはもうたれも来ないのか
つつましく肩をすぼめた停車場《ば》と
新開地風の飲食店
ガラス障子はありふれてでこぼこ
わらぢや sun-maid* のから函《ばこ》や
夏みかんのあかるいにほひ
汽車からおりたひとたちは
さつきたくさんあつたのだが
みんな丘かげの茶褐部落や

繋《つなぎ》あたりへ往《い》くらしい
西にまがつて見えなくなつた
いまわたくしは歩測のときのやう
しんかい地ふうのたてものは
みんなうしろに片附《づ》けた
そしてここここそ畑になつてゐる
黒馬が二ひき汗でぬれ
犁《プラウ》をひいて往つたりきたりする
ひはいろのやはらかな山のこつちがはだ
山ではふしぎに風がふいてゐる
嫩葉《わかば》がさまざまにひるがへる
ずうつと遠くのくらいところでは
鶯《うぐいす》もごろごろ啼《な》いてゐる
その透明な群青《ぐんじやう》のうぐひすが
（ほんたうの鶯の方はドイツ読本の
　ハンスがうぐひすでないよと云つた）
馬車はずんずん遠くなる

大きくゆれるしはねあがる
紳士もかろくはねあがる
このひとはもうよほど世間をわたり
いまは青ぐろいふちのやうなとこへ
すましてこしかけてゐるひとなのだ
そしてずんずん遠くなる
はたけの馬は二ひき
ひとはふたりで赤い
雲に濾《こ》された日光のために
いよいよあかく灼《や》けてゐる
冬にきたときとはまるでべつだ
みんなすつかり変つてゐる
変つたとはいへそれは雪が往き
雲が展《ひら》けてつちが呼吸し
幹や芽のなかに燐光や樹液がながれ
あをじろい春になつただけだ
それよりもこんなせはしい心象の明滅をつらね

すみやかなすみやかな万法流転《ばんぽふるてん》のなかに
小岩井のきれいな野はらや牧場の標本が
いかにも確かに継起《けいき》するといふことが
どんなに新鮮な奇蹟だらう
ほんたうにこのみちをこの前行くときは
空気がひどく稠密《ちうみつ》で
つめたくそしてあかる過ぎた
今日は七つ森はいちめんの枯草《かれくさ》
松木がをかしな緑褐に
丘のうしろとふもとに生えて
大へん陰欝《いんうつ》にふるびて見える

パート九

すきとほつてゆれてゐるのは
さつきの剽悍《へうかん》*な四本のさくら
わたくしはそれを知つてゐるけれども

眼にははつきり見てゐない
たしかにわたくしの感官の外で
つめたい雨がそそいでゐる
　（天の微光《びくわう》にさだめなく
　　うかべる石をわがふめば
　　おゝユリア　しづくはいとど降りまさり
　　　カシオペーアはめぐり行く）
ユリアがわたくしの左を行く
大きな紺《こん》いろの瞳《ひとみ》をりんと張つて
ユリアがわたくしの左を行く
ペムペルがわたくしの右にゐる
……………はさつき横へ外《そ》れた
あのから松の列のとこから横へ外れた
　《幻想が向ふから迫つてくるときは
　　もうにんげんの壊《こは》れるときだ》
わたくしははつきり眼をあいてあるいてゐるのだ
ユリア　ペムペル　わたくしの遠いともだちよ

わたくしはずゐぶんしばらくぶりで
きみたちの巨《おほ》きなまつ白なすあしを見た
どんなにわたくしはきみたちの昔の足あとを
白堊《はくあ》系の頁岩《けつがん》の古い海岸にもとめただらう
《あんまりひどい幻想だ》
わたくしはなにをびくびくしてゐるのだ
どうしてもどうしてもさびしくてたまらないときは
ひとはみんなきつと斯《か》ういふことになる
きみたちとけふあふことができたので
わたくしはこの巨きな旅のなかの一つづりから
血みどろになつて遁《に》げなくてもいいのです
（ひばりが居るやうな居ないやうな
腐植質《ふしよくしつ》から麦が生え
雨はしきりに降つてゐる）
さうです　農場のこのへんは
まつたく不思議におもはれます
どうしてかわたくしはここらを

der heilige punkt*と
呼びたいやうな気がします
この冬だつて耕耘《かううん》部まで用事で来て
こゝいらの匂《にほひ》のいゝふぶきのなかで
なにとはなしに聖《きよ》いこころもちがして
凍《こご》えさうになりながらいつまでもいつまでも
いつたり来たりしてゐました
さつきもさうです
どこの子どもらですかあの瓔珞《やうらく》*をつけた子は
《そんなことでだまされてはいけない
ちがつた空間にはいろいろちがつたものがゐる
それにだいいちさつきからの考へやうが
まるで銅版のやうなのに気がつかないか》
雨のなかでひばりが鳴いてゐるのです
あなたがたは赤い瑪瑙《めなう》の棘《とげ》でいつぱいな野はらも
その貝殻《かひがら》のやうに白くひかり
底の平らな巨きなすあしにふむのでせう

　　もう決定した　そっちへ行くな
　　これらはみんなただしくない
　　いま疲れてかたちを更《か》へたおまへの信仰から
　　発散して酸《す》えたひかりの澱《おり》だ
　ちひさな自分を劃《くぎ》ることのできない
　この不可思議な大きな心象宙宇のなかで
もしも正しいねがひに燃えて
じぶんとひとと万象《ばんしやう》といつしよに
至上福祉にいたらうとする
それをある宗教情操とするならば
そのねがひから砕《くだ》けまたは疲れ
じぶんとそれからたつたもひとつのたましひと
完全そして永久にどこまでもいつしよに行かうとする
この変態を恋愛といふ
そしてどこまでもその方向では
決して求め得られないその恋愛の本質的な部分を
むりにもごまかし求め得ようとする

この傾向を性慾といふ
すべてこれら漸移《ぜんい》のなかのさまざまな過程に従つて
さまざまな眼に見えまた見えない生物の種類がある
この命題は可逆的にもまた正しく
わたくしにはあんまり恐ろしいことだ
けれどもいくら恐ろしいといつても
それがほんたうならしかたない
さあはつきり眼をあいてたれにも見え
明確に物理学の法則にしたがふ
これら実在の現象のなかから
あたらしくまつすぐに起《た》て
明るい雨がこんなにたのしくそそぐのに
馬車が行く　馬はぬれて黒い
ひとはくるまに立つて行く
もうけつしてさびしくはない
なんべんさびしくないと云つたとこで
またさびしくなるのはきまつてゐる

けれどもここはこれでいいのだ
すべてさびしさと悲傷とを焚《た》いて
ひとは透明な軌道《きだう》をすすむ
ラリックス*　ラリックス　いよいよ青く
雲はますます縮れてひかり
わたくしはかつきりみちをまがる

林と思想

そら　ね　ごらん
むかふに霧にぬれてゐる
蕈《きのこ》のかたちのちひさな林があるだらう
あすこのとこへ
わたしのかんがへが

ずゐぶんはやく流れて行つて
みんな
溶け込んでゐるのだよ
　こゝいらはふきの花でいつぱいだ

報告

さつき火事だとさわぎましたのは虹でございました
もう一時間もつづいてりんと張つて居ります

岩手山

そらの散乱反射《さんらんはんしや》のなかに
古ぼけて黒くゑぐるもの
ひかりの微塵系列《みじんけいれつ》の底に
きたなくしろく澱《よど》むもの

高原

海だべがど　おら　おもたれば
やつぱり光る山だたぢやい
ホウ
髪毛《かみけ》　風吹けば

鹿《しし》踊りだぢやい

原体剣舞連《はらたいけんばひれん》

（mental sketch modified）

dah-dah-dah-dah-dah-sko-dah-dah

こんや異装《いさう》のげん月のした
鶏《とり》の黒尾を頭巾《づきん》にかざり
片刃《かたは》の太刀《たち》をひらめかす
原体《はらたい》村の舞子《をどりこ》たちよ
鴾《とき》いろのはるの樹液《じゆえき》を
アルペン農の辛酸《しんさん》に投げ
生《せい》しののめの草いろの火を
高原の風とひかりにさゝげ

菩提樹皮《まだかは》と縄《なは》とをまとふ
気圏の戦士わが朋《とも》たちよ
青らみわたる灝気《かうき》*をふかみ
楢《なら》と椈《ぶな》とのうれひをあつめ
蛇紋山地《じやもんさんち》に篝《かがり》をかかげ
ひのきの髪をうちゆすり
まるめろの匂《にほひ》のそらに
あたらしい星雲を燃せ
　dah-dah-sko-dah-dah
肌膚《きふ》を腐植《ふしよく》と土にけづらせ
筋骨はつめたい炭酸に粗《あら》び
月月《つきづき》に日光と風とを焦慮し
敬虔《けいけん》に年を累《かさ》ねた師父《しふ》たちよ
こんや銀河と森とのまつり
准《じゆん》平原の天末線《てんまつせん》に
さらにも強く鼓《こ》を鳴らし
うす月の雲をどよませ

Ho! Ho! Ho!
むかし達谷《たった》の悪路王《あくろわう》*
まつくらくらの二里の洞《ほら》
わたるは夢と黒夜神《こくやじん》*
首は刻まれ漬《つ》けられ
アンドロメダもかゞりにゆすれ
青い仮面《めん》このこけおどし
太刀を浴びてはいつぷかぷ*
夜風の底の蜘蛛《くも》をどり
胃袋はいてぎつたぎた
dah-dah-dah-dah-dah-sko-dah-dah
さらにただしく刃《やいば》を合《あ》はせ
霹靂《へきれき》の青火をくだし
四方《しほう》の夜《よる》の鬼神《きじん》をまねき
樹液もふるふこの夜《よ》さひとよ
赤ひたたれを地にひるがへし
雹雲《ひょううん》と風とをまつれ

dah-dah-dah-dahh
夜風《よかぜ》とどろきひのきはみだれ
月は射《い》そそぐ銀の矢並《やなみ》
打つも果《は》てるも火花のいのち
太刀の軋《きし》りの消えぬひま
dah-dah-dah-dah-dah-sko-dah-dah
太刀は稲妻萱穂《いなづまかやぼ》のさやぎ
獅子の星座《せいざ》に散る火の雨の
消えてあとない天《あま》のがはら
打つも果てるもひとつのいのち
dah-dah-dah-dah-dah-sko-dah-dah

東岩手火山

月は水銀　後夜《ごや》の喪主《もしゆ》
火山礫《れき》は夜の沈澱《ちんでん》
火口の巨《おほ》きなゑぐりを見ては
たれもみんな愕《おどろ》くはずだ
　（風としづけさ）
いま漂着する薬師外輪山《ぐわいりんざん》
頂上の石標もある
　（月光は水銀　月光は水銀）
⦅こんなことはじつにまれです
向ふの黒い山……って　それですか
それはここのつづきです
ここのつづきの外輪山です
あすこのてつぺんが絶頂です
向ふの？

向ふのは御室《おむろ》火口です
これから外輪山をめぐるのですけれども
いまはまだなんにも見えませんから
もすこし明るくなつてからにしませう
えゝ　太陽が出なくても
あかるくなつて
西岩手火山のはうの火口湖やなにか
見えるやうにさへなればいいんです
お日さまはあすこらへんで拝みます》
　黒い絶頂の右肩《みぎかた》と
　そのときのまつ赤な太陽
　わたくしは見てゐる
　あんまり真赤な幻想の太陽だ
《いまなん時です
三時四十分？
ちやうど一時間
いや四十分ありますから

寒いひとは提灯《ちやうちん》でも持つて
この岩のかげに居てください》
ああ　暗い雲の海だ
《向ふの黒いのはたしかに早池峰《はやちね》です
線になつて浮きあがつてるのは北上山地です
うしろ？
あれですか
あれは雲です　柔《やは》らかさうですね
雲が駒《こま》ケ岳《たけ》に被《かぶ》さつたのです
水蒸気を含んだ風が
駒ケ岳にぶつかつて
上にあがり
あんなに雲になつたのです
鳥海山《てうかいさん》は見えないやうです
けれども
夜が明けたら見えるかもしれませんよ》
《柔かな雲の波だ

あんな大きなうねりなら
月光会社の五千噸《トン》の汽船も
動揺を感じはしないだらう
その質は
蛋白石《たんぱくせき》　glass-wool
あるいは水酸化礬土《ばんど》*の沈澱）
（じつさいこんなことは稀なのです
わたくしはもう十何べんも来てゐますが
こんなにしづかで
そして暖かなことはなかつたのです
麓《ふもと》の谷の底よりも
さつきの九合の小屋よりも
却《かへ》つて暖かなくらゐです
今夜のやうなしづかな晩は
つめたい空気は下へ沈んで
霜さへ降らせ
暖い空気は

上に浮んで来るのです
これが気温の逆転です》
御室火口の盛《も》りあがりは
月のあかりに照らされてゐるのか
それともおれたちの提灯のあかりか
提灯だといふのは勿体《もったい》ない
ひはいろで暗い
《それではもう四十分ばかり
寄り合つて待つておいでなさい
さうさう　北はこつちです
北斗《ほくと》七星は
いま山の下の方に落ちてゐますが
北斗星はあれです
それは小熊《こぐま》座といふ
あの七つの中なのです
それから向ふに
縦に三つならんだ星が見えませう

下には斜めに房《ふさ》が下つたやうになり
右と左とには
赤と青と大きな星がありませう
あれはオリオンです　オライオンです
あの房の下のあたりに
星雲があるといふのです
いま見えません
その下のは大犬のアルフア
冬の晩いちばん光つて目立《めだ》つやつです
夏の蝎《さそり》とうら表です
さあみなさん　ご勝手におあるきなさい
向ふの白いのですか
雪ぢやありません
けれども行つてごらんなさい
まだ一時間もありますから
私もスケツチをとります》
　はてな　わたくしの帳面の

書いた分がたつた三枚になつてゐる
事によると月光のいたづらだ
藤原が提灯を見せてゐる
ああ頁《ページ》が折れ込んだのだ
さあでは私はひとり行かう
外輪山の自然な美しい歩道の上を
月の半分は赤銅《しやくどう》　地球照《アースシヤイン》＊
《お月さまには黒い処《ところ》もある》
《後藤《どう》又兵衛いつつも拝んだづなす》
私のひとりごとの反響に
小田島治衛《はるゑ》が云つてゐる
《山中鹿之助だらう》
もうかまはない　歩いていゝ
　どつちにしてもそれは善《い》いことだ
二十五日の月のあかりに照らされて
薬師火口の外輪山をあるくとき
わたくしは地球の華族《くわぞく》である

蛋白石の雲は遥《はるか》にたゝへ
オリオン　金牛　もろもろの星座
澄み切り澄みわたつて
瞬《また》きさへもすくなく
わたくしの額の上にかがやき
　さうだ　オリオンの右肩から
　ほんたうに鋼青《かうじやう》の壮麗《そうれい》が
　ふるへて私にやつて来る

三つの提灯は夢の火口原の
白いとこまで降りてゐる
《雪ですか　雪ぢやないでせう》
困つたやうに返事してゐるのは
雪でなく　仙人草のくさむらなのだ
さうでなければ高陵土《カオリンゲル》*
残りの一つの提灯は
一升のところに停《とま》つてゐる

それはきつと河村慶助が
外套《ぐわいたう》の袖《そで》にぼんやり手を引つ込めてゐる
《御室《おむろ》の方の火口へでもお入りなさい
噴火口へでも入つてごらんなさい
硫黄《いわう》のつぶは拾へないでせうが》
斯《こ》んなによく声がとゞくのは
メガホーンもしかけてあるのだ
しばらく躊躇《ちうちよ》してゐるやうだ
　《先生　中さ入《はひ》つてもいがべすか》
《えゝ　おはひりなさい　大丈夫です》
提灯が三つ沈んでしまふ
そのでこぼこのまつ黒の線
すこしのかなしさ
けれどもこれはいつたいなんといふいゝことだ
大きな帽子をかぶり
ちぎれた繻子《しゆす》のマントを着て
薬師火口の外輪山の

しづかな月明を行くといふのは

この石標は
下向の道と書いてあるにさうゐない
火口のなかから提灯が出て来た
宮沢の声もきこえる
雲の海のはてはだんだん平らになる
それは一つの雲平線《うんぴやうせん》をつくるのだ
雲平線をつくるのだといふのは
月のひかりのひだりから
みぎへすばやく擦過《さつくわ》した
一つの夜の幻覚だ
いま火口原の中に
一点しろく光《ひか》るもの
わたくしを呼んでゐる呼んでゐるのか
私は気圏オペラの役者です
鉛筆のさやは光り

速《すみや》かに指の黒い影はうごき
唇を円くして立つてゐる私は
たしかに気圏オペラの役者です
また月光と火山塊《くわい》のかげ
向ふの黒い巨きな壁は
熔岩《ようがん》か集塊岩　力強い肩だ
とにかく夜があけてお鉢廻《はちまは》りのときは
あすこからこつちへ出て来るのだ
なまぬるい風だ
これが気温の逆転だ
　（つかれてゐるな
　わたしはやつぱり睡《ねむ》いのだ）
火山弾《だん》には黒い影
その妙好《めうかう》の火口丘《くわこうきう》には
幾条かの軌道《きだう》のあと
鳥の声！
鳥の声！

海抜《かいばつ》六千八百尺の
月明をかける鳥の声
鳥はいよいよしつかりとなき
私はゆつくりと踏み
月はいま二つに見える
やつぱり疲れからの乱視なのだ

かすかに光る火山塊の一つの面
オリオンは幻怪《げんくわい》
月のまはりは熟した瑪瑙《めなう》と葡萄《ぶだう》
あくびと月光の動転《どうてん》
　（あんまりはねあるぐなぢやい
　汝《うな》ひとりだらいがべあ
　子供等《わらしやど》も連れでて目にあへば*
　汝《うな》ひとりであすまないんだぢやい）
火口丘の上には天の川の小さな爆発
みんなのデカンシヨの声も聞える

月のその銀の角のはじが
潰《つぶ》れてすこし円くなる
天の海とオーパルの雲
あたたかい空気は
ふつと撚《より》になつて飛ばされて来る
きつと屈折率も低く
濃い蔗糖溶液《しよたうやうえき》に
また水を加へたやうなのだらう
東は淀《よど》み
提灯《ちやうちん》はもとの火口の上に立つ
また口笛を吹いてゐる
わたくしも戻《もど》る
わたくしの影を見たのか提灯も戻る
（その影は鉄いろの背景の
　ひとりの修羅に見える筈《はず》だ）
さう考へたのは間違ひらしい
とにかくあくびと影ぼふし

空のあの辺の星は微《かす》かな散点
すなはち空の模様がちがつてゐる
そして今度は月が蹇《ちぢ》まる

永訣の朝

けふのうちに
とほくへいつてしまふわたくしのいもうとよ
みぞれがふつておもてはへんにあかるいのだ
（あめゆじゆとてちてけんじや）*
うすあかくいつそう陰惨《いんざん》な雲から
みぞれはびちよびちよふつてくる
（あめゆじゆとてちてけんじや）
青い蓴菜《じゆんさい》のもやうのついた

これらふたつのかけた陶椀《たうわん》に
おまへがたべるあめゆきをとらうとして
わたくしはまがつたてつぱうだまのやうに
このくらいみぞれのなかに飛びだした
　（あめゆじゆとてちてけんじや）
蒼鉛《さうえん》いろの暗い雲から
みぞれはびちよびちよ沈んでくる
ああとし子
死ぬといふいまごろになつて
わたくしをいつしやうあかるくするために
こんなさつぱりした雪のひとわんを
おまへはわたくしにたのんだのだ
ありがたうわたくしのけなげないもうとよ
わたくしもまつすぐにすすんでいくから
　（あめゆじゆとてちてけんじや）
はげしいはげしい熱やあへぎのあひだから
おまへはわたくしにたのんだのだ

銀河や太陽　気圏などとよばれたせかいの
そらからおちた雪のさいごのひとわんを……
……ふたきれのみかげせきざいに
みぞれはさびしくたまつてゐる
わたくしはそのうへにあぶなくたち
雪と水とのまつしろな二《に》相系《さうけい》をたもち
すきとほるつめたい雫《しづく》にみちた
このつややかな松のえだから
わたくしのやさしいいもうとの
さいごのたべものをもらつていかう
わたしたちがいつしよにそだつてきたあひだ
みなれたちやわんのこの藍《あゐ》のもやうにも
もうけふおまへはわかれてしまふ
(*Ora Orade Shitori egumo)
ほんたうにけふおまへはわかれてしまふ
あああのとざされた病室の
くらいびやうぶやかやのなかに

やさしくあをじろく燃えてゐる
わたくしのけなげないもうとよ
この雪はどこをえらばうにも
あんまりどこもまつしろなのだ
あんなおそろしいみだれたそらから
このうつくしい雪がきたのだ
　　*（うまれでくるたて
　　　こんどはこたにわりやのごとばかりで
　　　くるしまなあよにうまれてくる）
おまへがたべるこのふたわんのゆきに
わたくしはいまこころからいのる
どうかこれが天上のアイスクリームになつて
おまへとみんなとに聖《きよ》い資糧《しりやう》をもたらすやうに
わたくしのすべてのさいはひをかけてねがふ

松の針

　さつきのみぞれをとつてきた
　　あのきれいな松のえだだよ
おお　おまへはまるでとびつくやうに
そのみどりの葉にあつい頰《ほほ》をあてる
そんな植物性の青い針のなかに
はげしく頰を刺《さ》させることは
むさぼるやうにさへすることは
どんなにわたくしたちをおどろかすことか
そんなにまでもおまへは林へ行きたかつたのだ
おまへがあんなにねつに燃され
あせやいたみでもだえてゐるとき
わたくしは日のてるとこでたのしくはたらいたり
ほかのひとのことをかんがへながら森をあるいてゐた
　　《＊ああいい　さつぱりした

まるで林のながさ来たよだ》
鳥のやうに栗鼠《りす》のやうに
おまへは林をしたつてゐた
どんなにわたくしがうらやましかつたらう
ああけふのうちにとほくへさらうとするいもうとよ
ほんたうにおまへはひとりでいかうとするか
わたくしにいつしよに行けとたのんでくれ
泣いてわたくしにさう言つてくれ
おまへの頬の　けれども
なんといふけふのうつくしさよ
わたくしは緑のかやのうへにも
この新鮮な松のえだをおかう
いまに雫《しずく》もおちるだらうし
そら
さはやかな
terpentine《ターペンテイン》*の匂《にほひ》もするだらう

無声慟哭《どうこく》

こんなにみんなにみまもられながら
おまへはまだここでくるしまなければならないか
ああ巨《おほ》きな信のちからからことさらにはなれ
また純粋やちひさな徳性のかずをうしなひ
わたくしが青ぐらい修羅《しゆら》をあるいてゐるとき
おまへはじぶんにさだめられたみちを
ひとりさびしく往かうとするか
信仰を一つにするたつたひとりのみちづれのわたくしが
あかるくつめたい精進《しやうじん》のみちからかなしくつかれてゐて
毒草や蛍光菌《けいくわうきん》のくらい野原をただよふとき
おまへはひとりどこへ行かうとするのだ
（おら　おかないふうしてらべ）*
何といふあきらめたやうな悲痛なわらひやうをしながら
またわたくしのどんなちひさな表情も

けつして見遁《みのが》さないやうにしながら
おまへはけなげに母に訊《き》くのだ
（うんにや　ずゐぶん立派だぢやい
けふはほんとに立派だぢやい）
ほんたうにさうだ
髪だつていつそうくろいし
まるでこどもの苹果《りんご》の頬《ほほ》だ
どうかきれいな頬をして
あたらしく天にうまれてくれ
《＊それでもからだくさえがべ？》
《うんにや　いつかう》
ほんたうにそんなことはない
かへつてここはなつののはらの
ちひさな白い花の匂《にほひ》でいつぱいだから
ただわたくしはそれをいま言へないのだ
（わたくしは修羅をあるいてゐるのだから）
わたくしのかなしさうな眼をしてゐるのは

わたくしのふたつのこころをみつめてゐるためだ
ああそんなに
かなしく眼をそらしてはいけない

註
※あめゆきとつてきてください
※あたしはあたしでひとりいきます
※またひとにうまれてくるときは
こんなにじぶんのことばかりで
くるしまないやうにうまれてきます
※ああいい　さつぱりした
まるではやしのなかにきたやうだ
※あたしこはいふうをしてるでせう
※それでもわるいにほひでせう

白い鳥

《みんなサラーブレッドだ
　あゝいふ馬　誰行つても押へるにいがべが》
《よつぽどなれたひとでないと》
古風なくらかけやまのした
おきなぐさの冠毛《くわんもう》がそよぎ
鮮かな青い樺《かば》の木のしたに
何匹かあつまる茶いろの馬
じつにすてきに光つてゐる
　　（日本絵巻のそらの群青《ぐんじやう》や
　　天末の turquois《タコイス》*はめづらしくないが
　　　あんな大きな心相の
　　　光の環《くわん》は風景の中にすくない）
二疋《ひき》の大きな白い鳥が
鋭くかなしく啼《な》きかはしながら

しめつた朝の日光を飛んでゐる
それはわたくしのいもうとだ
死んだわたくしのいもうとだ
兄が来たのであんなにかなしく啼いてゐる
　（それは一応はまちがひだけれども
　　まつたくまちがひとは言はれない）
あんなにかなしく啼きながら
朝のひかりをとんでゐる
　（あさの日光ではなくて
　　熟してつかれたひるすぎらしい）
けれどもそれも夜どほしあるいてきたための
vague《バーグ》*な銀の錯覚なので
　（ちやんと今朝あのひしげて融《と》けた金《キン》の液体が
　　青い夢の北上山地からのぼつたのをわたくしは見た）
どうしてそれらの鳥は二羽
そんなにかなしくきこえるか
それはじぶんにすくふちからをうしなつたとき

わたくしのいもうとをもうしなつた
そのかなしみによるのだが
（ゆふべは柏《かしは》ばやしの月あかりのなか
けさはすずらんの花のむらがりのなかで
なんべんわたくしはその名を呼び
またたれともわからない声が
人のない野原のはてからこたへてきて
わたくしを嘲笑《てうせう》したことか）
そのかなしみによるのだが
またほんたうにあの声もかなしいのだ
いま鳥は二羽　かゞやいて白くひるがへり
むかふの湿地　青い蘆《あし》のなかに降りる
降りようとしてまたのぼる
（日本武尊《やまとたけるのみこと》の新らしい御陵の前に
おきさきたちがうちふして嘆き
そこからたまたま千鳥が飛べば
それを尊のみたまとおもひ

蘆に足をも傷つけながら
海べをしたつて行かれたのだ）
清原がわらつて立つてゐる
（日に灼《や》けて光つてゐるほんたうの農村のこども
その菩薩《ぼさつ》ふうのあたまの容《かたち》はガンダーラから来た）
水が光る　きれいな銀の水だ
《さああすこに水があるよ
口をすゝいでさつぱりして往《い》かう
こんなきれいな野はらだから》

青森挽歌《ばんか》

こんなやみよののはらのなかをゆくときは
客車のまどはみんな水族館の窓になる

（乾《かわ》いたでんしんばしらの列が
　せはしく遷《うつ》つてゐるらしい
　きしやは銀河系の玲瓏《れいろう》レンズ
　巨《おほ》きな水素のりんごのなかをかけてゐる）
りんごのなかをはしつてゐる
けれどもここはいつたいどこの停車場《ば》だ
枕木《まくらぎ》を焼いてこさへた柵《さく》が立ち
（八月の　よるのしじまの　寒天凝膠《アガアゼル》）
支手のあるいちれつの柱は
なつかしい陰影だけでできてゐる
黄いろなランプがふたつ点《つ》き
せいたかくあをじろい駅長の
真鍮《しんちゆう》棒もみえなければ
じつは駅長のかげもないのだ
（その大学の昆虫学の助手は
　こんな車室いつぱいの液体のなかで
　油のない赤髪《け》をもじやもじやして

　　かばんにもたれて睡《ねむ》つてゐる)
わたくしの汽車は北へ走つてゐるはずなのに
ここではみなみへかけてゐる
焼杭《やけくひ》の柵はあちこち倒れ
はるかに黄いろの地平線
それはビーアの澱《おり》をよどませ
あやしいよるの　陽炎《かげろふ》と
さびしい心意の明滅にまぎれ
水いろ川の水いろ駅
　(おそろしいあの水いろの空虚なのだ)
汽車の逆行は希《き》求《きう》の同時な相反性
こんなさびしい幻想から
わたくしははやく浮びあがらなければならない
そこらは青い孔雀《くじやく》のはねでいつぱい
真鍮の睡さうな脂肪酸にみち
車室の五つの電燈は
いよいよつめたく液化され

（考へださなければならないことを
わたくしはいたみやつかれから
なるべくおもひださうとしない）
今日のひるすぎなら
けはしく光る雲のしたで
まつたくおれたちはあの重い赤いポムプを
ばかのやうに引つぱつたりついたりした
おれはその黄いろな服を着た隊長だ
だから睡いのはしかたない
（おゝおまへ《オーヅウ》　せわしいみちづれ《アイリーガーゲゼルレ》よ
どうか《アイレドツホ》ここから《ニヒト》急いで《フオン》去ら《デヤ》ないでくれ《ステルレ》
《尋常《じんじやう》一年生　ドイツの尋常一年生》
いきなりそんな悪い叫びを
投げつけるのはいつたいたれだ
けれども尋常一年生だ
夜中を過ぎたいまごろに
こんなにぱつちり眼をあくのは

　　ドイツの尋常一年生だ）
あいつはこんなさびしい停車場を
たつたひとりで通つていつたらうか
どこへ行くともわからないその方向を
どの種類の世界へはひるともしれないそのみちを
たつたひとりでさびしくあるいて行つたらうか
（草や沼やです
　一本の木もです）
《ギルちやん*まつさをになつてすわつてゐたよ》
《こおんなにして眼は大きくあいてたけど
ぼくたちのことはまるでみえないやうだつたよ》
《ナーガラ*がね　眼をじつとこんなに赤くして
だんだん環《わ》をちひさくしたよ　こんなに》
《し　環をお切り　そら　手を出して》
《ギルちやん青くてすきとほるやうだつたよ》
《鳥がね　たくさんたねまきのときのやうに
ばあつと空を通つたの

でもギルちやんだまつてゐたよ》
《お日さまあんまり変に飴《あめ》いろだつたわねえ》
《ギルちやんちつともぼくたちのことみないんだもの
ぼくほんたうにつらかつた》
《さつきおもだかのとこであんまりはしやいでたねえ》
《どうしてギルちやんぼくたちのことみなかつたらう
忘れたらうかあんなにいつしよにあそんだのに》
かんがへださなければならないことは
どうしてもかんがへださなければならない
とし子はみんなが死ぬとなづける
そのやりかたを通つて行き
それからさきどこへ行つたかわからない
それはおれたちの空間の方向ではかられない
感ぜられない方向を感じようとするときは
たれだつてみんなぐるぐるする
《耳ごうど鳴つてさつぱり聞けなぐなつたんちやい》
さう甘えるやうに言つてから

たしかにあいつはじぶんのまはりの
眼にははつきりみえてゐる
なつかしいひとたちの声をきかなかつた
にはかに呼吸がとまり脈がうたなくなり
それからわたくしがはしつて行つたとき
あのきれいな眼が
なにかを索《もと》めるやうに空《むな》しくうごいてゐた
それはもうわたくしたちの空間を二度と見なかつた
それからあとであいつはなにを感じたらう
それはまだおれたちの世界の幻視をみ
おれたちのせかいの幻聴《げんちやう》をきいたらう
わたくしがその耳もとで
遠いところから声をとつてきて
そらや愛やりんごや風　すべての勢力のたのしい根源
万象同帰*のそのいみじい生物の名を
ちからいつぱいちからいつぱい叫んだとき
あいつは二へんうなづくやうに息をした

白い尖《とが》つたあごや頬《ほほ》がゆすれて
ちいさひときよくおどけたときにしたやうな
あんな偶然な顔つきにみえた
けれどもたしかにうなづいた
《ヘッケル博士＊！
　わたくしがそのありがたい証明の
　　任にあたつてもよろしうございます》
仮《か》睡珪酸《すゐけいさん》＊の雲のなかから
凍《こほ》らすやうなあんな卑怯《ひけふ》な叫び声は……
（宗谷《そうや》海峡《かいけふ》を越える晩は
　わたくしは夜どほし甲板《かんぱん》に立ち
　あたまは具《そな》へなく陰湿の霧をかぶり
　からだはけがれたねがひにみたし
　そしてわたくしはほんたうに挑戦しよう）
たしかにあのときはうなづいたのだ
そしてあんなにつぎのあさまで
胸がほとつてゐたくらゐだから

わたくしたちが死んだといつて泣いたあと
とし子はまだまだこの世かいのからだを感じ
ねつやいたみをはなれたほのかなねむりのなかで
ここでみるやうなゆめをみてゐたかもしれない
そしてわたくしはそれらのしづかな夢幻が
つぎのせかいへつゞくため
明るいいゝ匂《にほひ》のするものだつたことを
どんなにねがふかわからない
ほんたうにその夢の中のひとくさりは
かん護とかなしみとにつかれて睡つてゐた
おしげ子たちのあけがたのなかに
ぼんやりとしてはひつてきた
《黄いろな花こ　おらもとるべがな》
たしかにとし子はあのあけがたは
まだこの世かいのゆめのなかにゐて
落葉の風につみかさねられた
野はらをひとりあるきながら

ほかのひとのことのやうにつぶやいてゐたのだ
そしてそのままさびしい林のなかの
いつぴきの鳥になつただらうか
l'estudiantina*を風にききながら
水のながれる暗いはやしのなかを
かなしくうたつて飛んで行つたらうか
やがてはそこに小さなプロペラのやうに
音をたてて飛んできたあたらしいともだちと
無心のとりのうたをうたひながら
たよりなくさまよつて行つたらうか
　わたくしはどうしてもさう思はない
なぜ通信が許されないのか
許されてゐる　そして私のうけとつた通信は
母が夏のかん病のよるにゆめみたとおなじだ
どうしてわたくしはさうなのをさうと思はないのだらう
それらひとのせかいのゆめはうすれ
あかつきの薔薇《ばら》いろをそらにかんじ

あたらしくさはやかな感官をかんじ
日光のなかのけむりのやうな羅《うすもの》をかんじ
かがやいてほのかにわらひながら
はなやかな雲やつめたいにほひのあひだを
交錯するひかりの棒を過《よ》ぎり
われらが上方とよぶその不可思議な方角へ
それがそのやうであることにおどろきながら
大循環の風よりもさはやかにのぼつて行つた
わたくしはその跡《あと》をさへたづねることができる
そこに碧《あを》い寂《しづ》かな湖水の面をのぞみ
あまりにもそのたひらかさとかがやきと
未知な全反射の方法と
さめざめとひかりゆすれる樹《き》の列を
ただしくうつすことをあやしみ
やがてはそれがおのづから研《みが》かれた
天の瑠璃《るり》の地面と知つてこゝろわななき
紐《ひも》になつてながれるそらの楽音

また瓔珞《ようらく》やあやしいうすものをつけ
移らずしかもしづかにゆききする
巨きなすあしの生物たち
遠いほのかな記憶のなかの花のかをり
それらのなかにしづかに立つたらうか
それともおれたちの声を聴《き》かないのち
暗紅色の深くもわるいがらん洞《どう》と
意識ある蛋白質《たんぱくしつ》の砕《くだ》けるときにあげる声
亜硫酸《ありうさん》や笑気《せうき》のにほひ
これらをそこに見るならば
あいつはその中にまつ青になつて立ち
立つてゐるともよろめいてゐるともわからず
頬に手をあててゆめそのもののやうに立ち
(わたくしがいまごろこんなものを感ずることが
いつたいほんたうのことだらうか
わたくしといふものがこんなものをみることが
いつたいありうることだらうか

そしてほんたうにみてゐるのだ）と
斯《か》ういつてひとりなげくかもしれない……
わたくしのこんなさびしい考《かんがへ》は
みんなよるのためにできるのだ
夜があけて海岸へかかるなら
そして波がきらきら光るなら
なにもかもみんないいかもしれない
けれどもとし子の死んだことならば
いまわたくしがそれを夢でないと考へて
あたらしくぎくつとしなければならないほどの
あんまりひどいげんじつなのだ
感ずることのあまり新鮮にすぎるとき
それをがいねん化することは
きちがひにならないための
生物体の一つの自衛作用だけれども
いつでもまもつてばかりゐてはいけない
ほんたうにあいつはここの感官をうしなつたのち

あらたにどんなからだを得
どんな感官をかんじただらう
なんべんこれをかんがへたことか
むかしからの多数の実験から
倶舎《くしや》*がさつきのやうに云ふのだ
二度とこれをくり返してはいけない
おもては軟玉《なんぎよく》と銀のモナド
半月の噴いた瓦斯《ガス》でいつぱいだ
巻積雲《けんせきうん》のはらわたまで
月のあかりはしみわたり
それはあやしい螢光板《けいくわうばん》になつて
いよいよあやしい苹果《りんご》の匂《にほひ》を発散し
なめらかにつめたい窓硝子《ガラス》さへ越えてくる
青森だからといふのではなく
大てい月がこんなやうな暁《あかつき》ちかく
巻積雲にはひるとき……
《おいおい　あの顔いろは少し青かつたよ》

だまつてゐろ
おれのいもうとの死顔が
まつ青だらうが黒からうが
きさまにどう斯う云はれるか
あいつはどこへ堕《お》ちようと
もう無上道に属してゐる
力にみちてそこを進むものは
どの空間にでも勇んでとびこんで行くのだ
ぢきもう東の鋼《はがね》もひかる
ほんたうにけふの……きのふのひるまなら
おれたちはあの重い赤いポムプを……
　《もひとつきかせてあげよう
　　ね　じつさいね
　　あのときの眼は白かつたよ
　　すぐ瞑《つぶ》りかねてゐたよ》
まだいつてゐるのか
もうぢきよるはあけるのに

すべてあるがごとくにあり
かゞやくごとくにかがやくもの
おまへの武器やあらゆるものは
おまへにくらくおそろしく
まことはたのしくあかるいのだ
　《みんなむかしからのきやうだいなのだから
　けつしてひとりをいのつてはいけない》
ああ　わたくしはけつしてさうしませんでした
あいつがなくなつてからあとのよるひる
わたくしはただの一どたりと
あいつだけがいいとこに行けばいいと
さういのりはしなかつたとおもひます

風景とオルゴール

爽《さはや》かなくだもののにほひに充《み》ち
つめたくされた銀製の薄明穹《はくめいきゆう》＊を
雲がどんどんかけてゐる
黒曜《こくえう》のひのきやサイプレスの中を
一疋《ぴき》の馬がゆつくりやつてくる
ひとりの農夫が乗つてゐる
もちろん農夫はからだ半分ぐらゐ
木《こ》だちやそこらの銀のアトムに溶《と》け
またじぶんでも溶けてもいいとおもひながら
あたまの大きな曖昧《あいまい》な馬といつしよにゆつくりくる
首を垂れておとなしくがさがさした南部馬
黒く巨《おほ》きな松倉山のこつちに
一点のダアリア複合体
その電燈の企画《プラン》なら

じつに九月の宝石である
その電燈の献策者《けんさく》に
わたくしは青い蕃茄《トマト》を贈る
どんなにこれらのぬれたみちや
クレオソートを塗つたばかりのらんかんや
電線も二本にせものの虚無《きよむ》のなかから光つてゐるし
風景が深く透明にされたかわからない
下では水がごうごう流れて行き
薄明穹の爽かな銀と苹果《りんご》とを
黒白鳥のむな毛の塊《かたまり》が奔《はし》り
《ああ　お月さまが出てゐます》
ほんたうに鋭い秋の粉や
玻璃末《はりまつ》の雲の稜《かど》に磨《みが》かれて
紫磨銀彩《しまぎんさい》に尖《とが》つて光る六日の月
橋のらんかんには雨粒がまだいつぱいついてゐる
なんといふこのなつかしさの湧《わ》きあがり
水はおとなしい膠朧体《かうろう》だし

わたくしはこんな過透明《くわとうめい》な景色のなかに
松倉山や五間森《ごけんもり》荒つぽい石英安山岩《デサイト》の岩頸《がんけい》から
放たれた剽悍《へうかん》な刺客に
暗殺されてもいいのです
（たしかにわたくしがその木をきつたのだから）
（杉のいただきは黒くそらの椀《わん》を刺し）
風が口笛をはんぶんちぎつて持つてくれば
（気の毒な二重感覚の機関）
わたくしは古い印度の青草をみる
崖《がけ》にぶつつかるそのへんの水は
葱《ねぎ》のやうに横に外《そ》れてゐる
そんなに風はうまく吹き
半月の表面はきれいに吹きはらはれた
だからわたくしの洋傘は
しばらくぱたぱた言つてから
ぬれた橋板に倒れたのだ
松倉山松倉山尖つてまつ暗な悪魔蒼鉛《さうえん》の空に立ち

電燈はよほど熟してゐる
風がもうこれつきり吹けば
まさしく吹いて来る劫《カルパ》のはじめの風
ひときれそらにうかぶ暁のモティーフ
電線と恐ろしい玉髄《キャルセドニ》の雲のきれ
そこから見当のつかない大きな青い星がうかぶ
　（何べんの恋の償《つぐな》ひだ）
そんな恐ろしいがまいろの雲と
わたくしの上着はひるがへり
　（オルゴールをかけろかけろ）
月はいきなり二つになり
盲《めし》ひた黒い暈《かさ》をつくつて光面を過ぎる雲の一群
　（しづまれしづまれ五間森
　　木をきられてもしづまるのだ）

イーハトヴの氷霧

けさはじつにはじめての凜々しい氷霧《ひやうむ》だつたから
みんなはまるめろやなにかまで出して歓迎した

冬と銀河ステーション

そらにはちりのやうに小鳥がとび
かげらふや青いギリシヤ文字は
せはしく野はらの雪に燃えます
パッセン大街道＊のひのきからは
凍《こほ》つたしづくが燦々《さんさん》と降り
銀河ステーションの遠方シグナルも

けさはまつ赤《か》に澱《よど》んでゐます
川はどんどん氷《ザエ》を流してゐるのに
みんなは生《なま》ゴムの長靴をはき
狐《きつね》や犬の毛皮を着て
陶器《たうき》の露店《ろてん》をひやかしたり
ぶらさがつた章魚《たこ》を品さだめしたりする
あのにぎやかな土沢の冬の市日《いちび》です
（はんの木とまばゆい雲のアルコホル
　あすこにやどりぎの黄金のゴールが
　さめざめとしてひかつてもいい）
あゝ　Josef Pasternack の指揮する
この冬の銀河軽便鉄道は
幾重《いくへ》のあえかな氷をくぐり
（でんしんばしらの赤い碍子《がいし》と松の森）
にせものの金のメタルをぶらさげて
茶いろの瞳《ひとみ》をりんと張り
つめたく青らむ天椀《てんわん》の下

うららかな雪の台地を急ぐもの
（窓のガラスの氷の羊歯《しだ》は
　だんだん白い湯気にかはる）
パッセン大街道のひのきから
しづくは燃えていちめんに降り
はねあがる青い枝や
紅玉やトパースまたいろいろのスペクトルや
もうまるで市場のやうな盛《さか》んな取引です

「春と修羅」第二集より

晴天恣意《しい》

つめたくうららかな蒼穹《さうきゆう》のはて
五輪峠の上のあたりに
白く巨《おほ》きな仏頂体が立ちますと
数字につかれたわたくしの眼は
ひとたびそれを異の空間の
高貴な塔とも愕《おど》ろきますが
畢竟《ひつきやう》あれは水と空気の散乱系
冬には稀《まれ》な高くまばゆい積雲です
とは云へそれは再考すれば
やはり同じい大塔婆《たふば》
いたゞき八千尺にも充《み》ちる
光厳浄《げんじやう》の構成です
あの天末の青らむま下
きらゝに氷と雪とを鎧《よろ》ひ

樹や石塚の数をもち
石灰、粘板、砂岩の層と、
花崗斑糲《くわかうはんれい》、蛇紋《じやもん》の諸岩、
堅く結んだ準平原は、
まこと地輪の外ならず、
水風輪は云はずもあれ、
白くまばゆい光と熱、
電、磁、その他の勢力は
アレニウス*をば俟《ま》たずして
たれか火輪をうたがはん
もし空輪を云ふべくば
これら総じて真空の
その顕現《けんげん》を超《こ》えませぬ
斯《か》くてひとたびこの構成は
五輪の塔と称すべく
秘奥《ひおう》は更《さら》に二義あって
いまはその名もはゞかるべき

高貴の塔でありますので
もしも誰かがその樹を伐《き》り
あるいは塚をはたけにひらき
乃至《ないし》はそこらであんまりひどくイリスの花をとりますと
かういふ青く無風の日なか
見掛《みか》けはしづかに盛《も》りあげられた
あの玉髄《ぎよくずい》の八雲のなかに
夢幻に人は連れ行かれ
見えない数個の手によつて
かゞやくそらにまつさかさまにつるされて
槍でづぶづぶ刺されたり
頭や胸を圧《お》し潰《つぶ》されて
醒《さ》めてははげしい病気になると
さうひとびとはいまも信じて恐れます
さてそのことはとにかくに
雲量計の横線を
ひるの十四の星も截《き》り

アンドロメダの連星も
しづかに過ぎるとおもはれる
そんなにもうるほひかゞやく
碧瑠璃《へきるり》の天でありますので
いまやわたくしのまなこも冴《さ》え
ふたゝび陰気な扉《ドア》を排して
あのくしゃくしゃの数字の前に
かゞみ込《こ》まうとしますのです

早春独白

黒髪もぬれ荷縄《になは》もぬれて
やうやくあなたが車室に来れば
ひるの電燈は雪ぞらにつき

窓のガラスはぼんやり湯気に曇《くも》ります
……青じろい磐《いは》のあかりと
　暗んで過ぎるひばのむら……
身丈《みたけ》にちかい木炭《すみ》すごを
地蔵菩薩《ぼさつ》の龕《がん》かなにかのやうに負ひ
山の襞《ひだ》もけぶってならび
堰堤《ダム》もごうごう激《げき》してゐた
あの山岨《やまそは》のみぞれのみちを
あなたがひとり走ってきて
この町行きの貨物電車にすがったとき
その木炭《すみ》すごの萱《かや》の根は
秋のしぐれのなかのやう
もいちど紅《あか》く燃えたのでした
……雨はすきとほってまっすぐに降り
　雪はしづかに舞ひおりる
　妖《あや》しい春のみぞれです……
みぞれにぬれてつつましやかにあなたが立てば

ひるの電燈は雪ぞらに燃え
ぼんやり曇る窓のこっちで
あなたは赤い捺染《なっせん》ネルの一きれを
エヂプト風にかつぎにします
……氷期の巨《おほ》きな吹雪《ふぶき》の裔《すゑ》は
ときどき町の瓦斯《ガス》燈を侵《をか》して
その住民を沈静《ちんせい》にした……
わたくしの黒いしゃっぽから
つめたくあかるい雫《しづく》が降り
どんよりよどんだ雪ぐもの下に
黄いろなあかりを点じながら
電車はいっさんにはしります

休息

中空《なかぞら》は晴れてうららかなのに
西嶺《ね》の雪の上ばかり
ぼんやり白く淀《よど》むのは
水晶球の濛《くも》りのやう
　……さむくねむたいひるのやすみ……
そこには暗い乱積雲が
古い洞窟《どうくつ》人類の
方向のない Libido* の像を
肖顔《にがお》のやうにいくつか掲《かか》げ
そのこっちではひばりの群が
いちめん漂ひ鳴いてゐる
　……さむくねむたい光のなかで
　古い戯曲の女主人公《ヒロイン》が
ひとりさびしくまことをちかふ……

氷と藍《あい》との東橄欖《ひがしかんらん》山地から
つめたい風が吹いてきて
つぎからつぎと水路をわたり
またあかしやの棘《とげ》ある枝や
すがれの禾草《かそう》*を鳴らしたり
三本立ったよもぎの茎で
ふしぎな曲線《カーヴ》を描いたりする*
（eccolo qua !）
風を無数の光の点が浮き沈み
乱積雲の群像は
いまゆるやかに北へながれる

鳥の遷移《せんい》

鳥がいっぴき葱緑《そうりょく》の天をわたって行く
わたくしは二こゑのくゎくこうを聴く
からだがひどく巨《おほ》きくて
それにコースも水平なので
誰か模型に弾条《バネ》でもつけて飛ばしたやう
それだけどこか気の毒だ
鳥は遷《うつ》り　さっきの声は時間の軸で
青い鏃《やじり》のグラフをつくる
　……きららかに畳む山彙《さんい》と
　　水いろのそらの縁辺……
鳥の形はもう見えず
いまわたくしのいもうとの
墓場の方で啼《な》いてゐる
　……その墓森の松のかげから

黄いろな電車がすべってくる
　ガラスがいちまいふるへてひかる
　もう一枚がならんでひかる……
鳥はいつかずっとうしろの
煉瓦《れんが》工場の森にまはって啼いてゐる
あるいはそれはべつのくゎくこうで
さっきのやつはまだくちはしをつぐんだまま
水を呑《の》みたさうにしてそらを見上げながら
墓のうしろの松の木などに、
とまってゐるかもわからない

薤露《かいろ》青《せい》*

みをつくしの列をなつかしくうかべ

蛬露青の聖《きよ》らかな空明のなかを
たえずさびしく湧《わ》き鳴りながら
よもすがら南十字へながれる水よ
岸のまっくろなくるみばやしのなかでは
いま膨大なわかちがたい夜の呼吸から
銀の分子が析出される
　……みをつくしの影はうつくしく水にうつり
　　プリオシンコースト*に反射して崩《くづ》れてくる波は
　　ときどきかすかな燐光《りんくわう》をなげる……
橋板や空がいきなりいままた明るくなるのは
この旱天《かんてん》のどこからかくるいなびかりらしい
水よわたくしの胸いっぱいの
やり場所のないかなしさを
はるかなマヂェランの星雲へとゞけてくれ
そこには赤いいさり火がゆらぎ
蝎《さそり》がうす雲の上を這《は》ふ
　……たえず企画したえずかなしみ

たえず窮乏《きゆうぼふ》をつゞけながら
　どこまでもながれて行くもの……
この星の夜の大河の欄干はもう朽《く》ちた
わたくしはまた西のわづかな薄明《はくめい》の残りや
うすい血紅瑪瑙《けつこうめなう》をのぞみ
しづかな鱗《うろこ》の呼吸をきく
……なつかしい夢のみをつくし……

声のいゝ製糸場の工女たちが
わたくしをあざけるやうに歌って行けば
そのなかにはわたくしの亡《な》くなった妹の声が
たしかに二つも入ってゐる
……あの力いっぱいに
　細い弱いのどからうたふ女の声だ……
杉ばやしの上がいままた明るくなるのは
そこから月が出ようとしてゐるので
鳥はしきりにさわいでゐる

……みをつくしらは夢の兵隊……
南からまた電光がひらめけば
さかなはアセチレンの匂《にほひ》をはく
水は銀河の投影のやうに地平線までながれ
灰いろはがねのそらの環
……あゝ　いとしくおもふものが
そのまゝどこへ行ってしまったかわからないことが
なんといふいゝことだらう……
かなしさは空明から降り
黒い鳥の鋭く過《よ》ぎるころ
秋の鮎のさびの模様が
そらに白く数条わたる

〔夜の湿気と風がさびしくいりまじり〕

夜の湿気と風がさびしくいりまじり
松ややなぎの林はくろく
そらには暗い業《ごふ》の花びらがいっぱいで
わたくしは神々の名を録したことから
はげしく寒くふるへてゐる

異途への出発

月の惑みと
巨《おほ》きな雪の盤とのなかに
あてなくひとり下り立てば

あしもとは軋《きし》り
寒冷でまっくろな空虚は
がらんと額に臨《のぞ》んでゐる
　……楽手たちは蒼ざめて死に
　　嬰児《えいじ》は水いろのもやにうまれた……
尖《とが》った青い燐光《りんくわう》が
いちめんそこらの雪を縫《ぬ》って
せはしく浮いたり沈んだり
しんしんと風を集積する
　……ああアカシヤの黒い列……
みんなに義理をかいてまで
こんや旅だつこのみちも
じつはたゞしいものでなく
誰のためにもならないのだと
いままでにしろわかってゐて
それでどうにもならないのだ
　……底びかりする水晶天の

　一ひら白い裂罅《ひび》のあと……
雪が一そうまたたいて
そこらを海よりさびしくする

未来圏からの影

吹雪《フキ》はひどいし
けふもすさまじい落磐《らくばん》
……どうしてあんなにひっきりなし
　凍った汽笛《フエ》を鳴らすのか……
影や恐ろしいけむりのなかから
蒼ざめてひとがよろよろあらはれる
それは氷の未来圏からなげられた
戦慄すべきおれの影だ

住居

青い泉と
たくさんの廃屋をもつ
その南の三日月形の村では
教師あがりの採種者《たねや》など

鬼言（幻聴）

三十六号！
左の眼は三！
右の眼は六！
斑《ぶち》石をつかってやれ

置いてやりたくないといふ
……風のあかりと
草の実の雨……
ひるもはだしで酒を呑《の》み
眼をうるませたとしよりたち

告別

おまへのバスの三連音が
どんなぐあひに鳴ってゐたかを
おそらくおまへはわかってゐまい
その純朴さ希《のぞ》みに充《み》ちたたのしさは
ほとんどおれを草葉のやうに顫《ふる》はせた
もしもおまへがそれらの音の特性や

立派な無数の順列を
はっきり知って自由にいつでも使へるならば
おまへは辛《つら》くてそしてかゞやく天の仕事もするだらう
泰西《たいせい》著名の楽人たちが
幼齢弦《げん》や鍵器《けんき》をとって
すでに一家をなしたがやうに
おまへはそのころ
この国にある皮革の鼓器《こき》と
竹でつくった管《くわん》とをとった
けれどもいまごろちゃうどおまへの年ごろで
おまへの素質と力をもってゐるものは
町と村との一万人のなかになら
おそらく五人はあるだらう
それらのひとのどの人もまたどのひとも
五年のあひだにそれを大抵《たいてい》無くすのだ
生活のためにけづられたり
自分でそれをなくすのだ

すべての才や力や材といふものは
ひとにとゞまるものでない
ひとさへひとにとゞまらぬ
云《い》はなかったが、
おれは四月はもう学校に居ないのだ
恐らく暗くけはしいみちをあるくだらう
そのあとでおまへのいまのちからがにぶり
きれいな音の正しい調子とその明るさを失って
ふたたび回復できないならば
おれはおまへをもう見ない
なぜならおれは
すこしぐらゐの仕事ができて
そいつに腰をかけてるやうな
そんな多数をいちばんいやにおもふのだ
もしもおまへが
よくきいてくれ
ひとりのやさしい娘をおもふやうになるそのとき

おまへに無数の影と光の像があらはれる
おまへはそれを音にするのだ
みんなが町で暮したり
一日あそんでゐるときに
おまへはひとりであの石原の草を刈《か》る
そのさびしさでおまへは音をつくるのだ
多くの侮辱《ぶじよく》や窮乏の
それらを噛《か》んで歌ふのだ
もしも楽器がなかったら
いゝかおまへはおれの弟子なのだ
ちからのかぎり
そらいっぱいの
光でできたパイプオルガンを弾《ひ》くがいゝ

岩手軽便鉄道の一月

ぴかぴかぴかぴかぴか田圃《たんぼ》の雪がひかってくる
河岸の樹《き》がみなまっ白に凍ってゐる
うしろは河がうららかな火や氷を載《の》せて
ぼんやり南へすべってゐる
よう　くるみの木　ジュグランダー＊　鏡を吊《つる》し
よう　かはやなぎ　サリックスランダー＊　鏡を吊し
はんのき　アルヌスランダー＊　鏡鏡鏡鏡をつるし
からまつ　ラリクスランダー＊　鏡をつるし
グランド電柱　フサランダー＊　鏡をつるし
さはぐるみ　ジュグランダー　鏡を吊し
桑の木　モルスランダー＊　鏡を……
ははは　汽車《こっち》がたうとうなゝめに列をよこぎったので
桑の氷華はふさふさ風にひかって落ちる

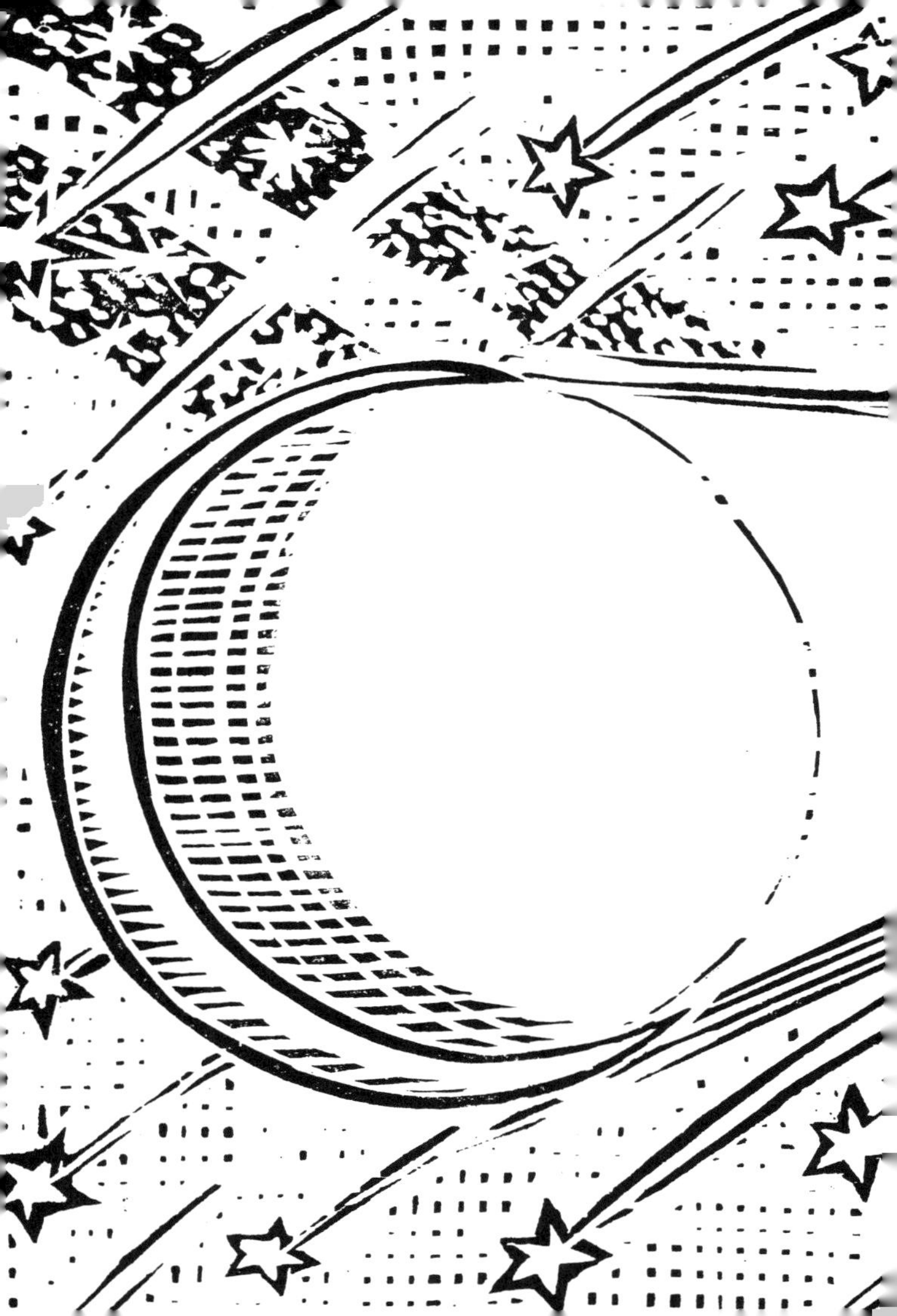

「春と修羅」第三集・補遺詩篇より

春

陽《ひ》が照って鳥が啼《な》き
あちこちの楢《なら》の林も、
けむるとき
ぎちぎちと鳴る　汚ない掌《て》を、
おれはこれからもつことになる

水汲み

ぎっしり生えたち萱《がや》の芽だ
紅《あか》くひかって
仲間同志に影をおとし

上をあるけば距離のしれない敷物のやうに
うるうるひろがるち萓の芽だ
……水を汲んで砂へかけて……
つめたい風の海蛇が
もう幾脈も幾脈も
野ばらの藪《やぶ》をすり抜けて
川をななめに溯《のぼ》って行く
……水を汲んで砂へかけて……
向ふ岸には
蒼《あを》い衣《ころも》のヨハネ*が下りて
すぎなの胞子《たね》をあつめてゐる
……水を汲んで砂へかけて……
岸までくれば
またあたらしいサーペント
……水を汲んで水を汲んで……
遠くの雲が幾ローフかの
麺麭《パン》にかはって売られるころだ

疲労

南の風も酸《す》っぱいし
穂麦も青くひかって痛い
それだのに
崖の上には
わざわざ今日の晴天を、
西の山根から出て来たといふ
黒い巨《おほ》きな立像が
眉間《みけん》にルビーか何かをはめて
三っつも立って待ってゐる
疲れを知らないあゝいふ風な三人と
せいいっぱいのせりふをやりとりするために
あの雲にでも手をあてて
電気をとってやらうかな

札幌市

遠くなだれる灰光と
貨物列車のふるひのなかで
わたくしは湧きあがるかなしさを
きれぎれ青い神話に変へて
開拓紀念の楡《にれ》の広場に
力いっぱい撒《ま》いたけれども
小鳥はそれを啄《ついば》まなかった

囈語＊

憤懣はいま疾《やまひ》にかはり
わたくしはたよりなく騰《のぼ》って
河谷のそらに横はる
しかも
水素よりも軽いので
ひかってはてなく青く
雨に生れることのできないのは
何といふいらだゝしさだ

僚友

わたくしがかつてあなたがたと
この方室《ほうしつ》に卓を並べてゐましたころ、
たとへば今日のやうな明るくしづかなひるすぎに
　……窓にはゆらぐアカシヤの枝……
ちがった思想やちがったなりで
誰かが訪ねて来ましたときは
わたくしどもはたゞ何げなく眼をも見合せ
またあるかなし何ともしらず表情し合ひもしたのでしたが
　……崩れてひかる夏の雲……
今日わたくしが疲れて弱く
荒れた耕地やけはしいみんなの瞳を避けて
おろかにもまたおろかにも
昨日の安易な住所を慕ひ、
この方室にたどって来れば、

まことにあなたがたのことばやおももちは
あなたがたにあるその十倍の強さになって
　……風も燃え……
わたくしの胸をうつのです
　……風も燃え　禾草《かさう》も燃える……

〔あすこの田はねえ〕

あすこの田はねえ
あの種類では窒素《ちつそ》があんまり多過ぎるから
もうきっぱりと灌水《みづ》を切ってね
三番除草はしないんだ
　……一しんに畔を走って来て
　　青田のなかに汗拭くその子……

燐酸《りんさん》がまだ残ってゐない？
みんな使った？
それではもしもこの天候が
これから五日続いたら
あの枝垂《しだ》れ葉をねえ
斯《か》ういふ風な枝垂れ葉をねえ
むしってとってしまふんだ
……せはしなくうなづき汗拭くその子
冬講習に来たときは
一年はたらいたあととは云へ
まだかゞやかな苹果《りんご》のわらひをもってゐた
いまはもう日と汗に焼け
幾夜の不眠にやつれてゐる……
それからいゝかい
今月末にあの稲が
君の胸より延びたらねえ
ちゃうどシャツの上のぼたんを定規にしてねえ

葉尖《はさき》を刈ってしまふんだ
　……汗だけでない
　　泪《なみだ》も拭いてゐるんだな……
君が自分でかんがへた
あの田もすっかり見て来たよ
陸羽一三二号のはうね
あれはずゐぶん上手に行った
肥《こ》えも少しもむらがないし
いかにも強く育ってゐる
硫安《りうあん》だってきみが自分で播《ま》いたらう
みんながいろいろ云ふだらうが
あっちは少しも心配ない
反当三石《ごく》二斗《と》なら
もうきまったと云ってい〻
しっかりやるんだよ
これからの本当の勉強はねえ
テニスをしながら商売の先生から

義理で教はることでないんだ
きみのやうにさ
吹雪やわづかの仕事のひまで
泣きながら
からだに刻んで行く勉強が
まもなくぐんぐん強い芽を噴《ふ》いて
どこまでのびるかわからない
それがこれからのあたらしい学問のはじまりなんだ
ではさやうなら
……雲からも風からも
透明な力が
そのこどもに
うつれ……

〔もうはたらくな〕

もうはたらくな
レーキを投げろ
この半月の曇天《どんてん》と
今朝のはげしい雷雨のために
おれが肥料を設計し
責任のあるみんなの稲が
次から次と倒れたのだ
稲が次々倒れたのだ
働くことの卑怯なときが
工場ばかりにあるのでない
ことにむちゃくちゃはたらいて
不安をまぎらかさうとする、
卑しいことだ
　……けれどもあゝまたあたらしく

西には黒い死の群像が湧きあがる
春にはそれは、
恋愛自身とさへも云ひ
考へられてゐたではないか……

さあ一ぺん帰って
測候所へ電話をかけ
すっかりぬれる支度《したく》をし
頭を堅《かた》く縛《しば》って出て
青ざめてこはばったたくさんの顔に
一人づつぶっつかって
火のついたやうにはげまして行け
どんな手段を用ゐても
辨償《べんしよう》すると答へてあるけ

補遺詩篇

〔このあるものが〕

このあるものが
無意識部から幻聴になって
おのづとはっきりわたくしに聴えて来たのに対し
そのあるものをわたくしは
自分の円筒形をした通路に
遁《のが》れようとする
赤い紋ある爬虫をとり出すほどの
そんなにつらく耐《た》へがたい努力によって
酸素や影の行はれる
表面にまで将来した

〔雨ニモマケズ〕

雨ニモマケズ
風ニモマケズ
雪ニモ夏ノ暑サニモマケヌ
丈夫ナカラダヲモチ
慾ハナク
決シテ瞋《イカ》ラズ
イツモシヅカニワラッテヰル
一日ニ玄米四合ト
味噌ト少シノ野菜ヲタベ
アラユルコトヲ
ジブンヲカンヂャウニ入レズニ
ヨクミキキシワカリ
ソシテワスレズ
野原ノ松ノ林ノ蔭《カゲ》ノ

小サナ萱《カヤ》ブキノ小屋ニヰテ
東ニ病気ノコドモアレバ
行ッテ看病シテヤリ
西ニツカレタ母アレバ
行ッテソノ稲ノ束《タバ》ヲ負ヒ
南ニ死ニサウナ人アレバ
行ッテコハガラナクテモイヽトイヒ
北ニケンクヮヤソショウガアレバ
ツマラナイカラヤメロトイヒ
ヒデリノトキハナミダヲナガシ
サムサノナツハオロオロアルキ
ミンナニデクノボートヨバレ
ホメラレモセズ
クニモサレズ
サウイフモノニ
ワタシハナリタイ

小作調停官

西暦一千九百三十一年の秋の
このすさまじき風景を
恐らく私は忘れることができないであらう
見給へ黒緑の鱗松《うろこまつ》や杉の森の間に
ぎっしりと気味の悪いほど
穂をだし粒をそろへた稲が
まだ油緑や橄欖緑《かんらんりよく》や
あるいはむしろ藻《も》のやうないろして
ぎらぎら白いそらのしたに
そよともうごかず湛《たた》へてゐる
このうち潜《ひそ》むすさまじさ
すでに土用の七月には
南方の都市に行ってゐた画家たちや
able なる楽師たち

次々郷里に帰ってきて
いつもの郷里の八月と
まるで違った緑の種類の
豊富なことに愕《おどろ》いた
それはおとなしいひはいろから
豆いろ乃至《ないし》うすいピンクをさへ含んだ
あらゆる緑のステージで
画家は曾《か》つて感じたこともない
ふしぎな緑に眼を愕かした
けれどもこれら緑のいろが
青いまんまで立ってゐる田や
その藁《わら》は家畜もよろこんで喰《た》べるではあらうが
人の飢をみたすとは思はれぬ
その年の憂愁を感ずるのである

夜

掌《て》がほてって寝つけないときは
手拭をまるめて握ったり
黒い硅板岩礫《イキイシ》*を持ったりして
みんな昔からねむったのだ

詩ノート・疾中より

詩ノート

〔今日は一日あかるくにぎやかな雪降りです〕

今日は一日あかるくにぎやかな雪降りです
ひるすぎてから
わたくしのうちのまはりを
巨《おほ》きな重いあしおとが
幾度ともなく行きすぎました
わたくしはそのたびごとに
もう一年も返事を書かないあなたがたづねて来たのだと
じぶんでじぶんに教へたのです
そしてまったく
それはあなたの　またわれわれの足音でした

なぜならそれは
いっぱい積んだ梢《こずゑ》の雪が
地面の雪に落ちるのでしたから

雪ふれば昨日のひるのわるひのき
菩薩《ぼさつ》すがたにすくと立つかな

〔黒と白との細胞のあらゆる順列をつくり〕

黒と白との細胞のあらゆる順列をつくり
それをばその細胞がその細胞自身として感じてゐて
それが意識の流れであり
その細胞がまた多くの電子系順列からできてゐるので
畢竟《ひつきやう》わたくしとはわたくし自身が

わたくしとして感ずる電子系のある系統を云ふものである

政治家

あっちもこっちも
ひとさわぎおこして
いっぱい呑みたいやつらばかりだ
　　羊歯《しだ》の葉と雲
　　　世界はそんなにつめたく暗い
けれどもまもなく
さういふやつらは
ひとりで腐って
ひとりで雨に流される
あとはしんとした青い羊歯ばかり

そしてそれが人間の石炭紀であったと
どこかの透明な地質学者が記録するであらう

〔何と云はれても〕

何と云はれても
わたくしはひかる水玉
つめたい雫《しづく》
すきとほった雨つぶを
枝いっぱいにみてた
若い山ぐみの木なのである

〔サキノハカ*といふ黒い花といっしょに〕

サキノハカといふ黒い花といっしょに
革命がやがてやってくる
ブルジョアジーでもプロレタリアートでも
おほよそ卑怯な下等なやつらは
みんなひとりで日向へ出た蕈《きのこ》のやうに
潰《つぶ》れて流れるその日が来る
やってしまへやってしまへ
酒を呑みたいために尤《もっとも》らしい波瀾《はらん》を起すやつも
じぶんだけで面白いことをしつくして
人生が砂っ原だなんていふにせ教師も
いつでもきょろきょろひとと自分とくらべるやつらも
そいつらみんなをびしゃびしゃに叩きつけて
その中から卑怯な鬼どもを追ひ払え
それらをみんな魚や豚につかせてしまへ

はがねを鍛《きた》へるやうに新らしい時代は新らしい人間を鍛へる
紺いろした山地の稜をも砕け
銀河をつかって発電所もつくれ

〔わたくしどもは〕

わたくしどもは
ちゃうど一年いっしょに暮しました
その女はやさしく蒼白く
その眼はいつでも何かわたくしのわからない夢を見てゐるやうでした
いっしょになったその夏のある朝
わたくしは町はづれの橋で
村の娘が持って来た花があまり美しかったので
二十銭だけ買ってうちに帰りましたら

妻は空《あ》いてゐた金魚の壺《つぼ》にさして
店へ並べて居りました
夕方帰って来ましたら
妻はわたくしの顔を見てふしぎな笑ひやうをしました
見ると食卓にはいろいろな果物や
白い洋皿などまで並べてありますので
どうしたのかとたづねましたら
あの花が今日ひるの間にちゃうど二円に売れたといふのです
……その青い夜の風や星、
　すだれや魂を送る火や……
そしてその冬
妻は何の苦しみといふのでもなく
萎《しを》れるやうに崩れるやうに一日病んで没《な》くなりました

疾中

病床

たけにぐさに
風が吹いてゐるといふことである
たけにぐさの群落にも
風が吹いてゐるといふことである

眼にて云ふ

だめでせう
とまりませんな
がぶがぶ湧《わ》いてゐるですからな
ゆふべからねむらず血も出つづけなもんですから
そこらは青くしんしんとして
どうも間もなく死にさうです
けれどもなんといゝ風でせう
もう清明*が近いので
あんなに青ぞらからもりあがって湧くやうに
きれいな風が来るですな
もみぢの嫩芽《わかめ》と毛のやうな花に
秋草のやうな波をたて
焼痕のある藺草《いぐさ》のむしろも青いです
あなたは医学会のお帰りか何かは知りませんが

黒いフロックコートを召《め》して
こんなに本気にいろいろ手あてもしていたゞけば
これで死んでもまづは文句もありません
血がでてゐるにかゝはらず
こんなにのんきで苦しくないのは
魂魄《こんぱく》なかばからだをはなれたのですかな
たゞどうも血のために
それを云へないがひどいです
あなたの方からみたらずゐぶんさんたんたるけしきでせうが
わたくしから見えるのは
やっぱりきれいな青ぞらと
すきとほった風ばかりです。

〔その恐ろしい黒雲が〕

その恐ろしい黒雲が
またわたくしをとらうと来れば
わたくしは切なく熱くひとりもだえる
北上の河谷を覆ふ
あの雨雲と婚すると云ひ
森と野原をこもごも載《の》せた
その洪積の台地を恋ふと
なかばは戯れに人にも寄せ
なかばは気を負ってほんたうにさうも思ひ
青い山河をさながらに
じぶんじしんと考へた
あゝそのことは私を責める
病の痛みや汗のなか
それらのうづまく黒雲や

紺青《こんじやう》の地平線が
またまのあたり近づけば
わたくしは切なく熱くもだえる
あゝ父母よ弟よ
あらゆる恩顧や好意の後に
どうしてわたくしは
その恐ろしい黒雲に
からだを投げることができよう
あゝ友たちよはるかな友よ
きみはかゞやく穹窿《きゆうりゆう》や
透明な風　野原や森の
この恐るべき他の面を知るか

〔風がおもてで呼んでゐる〕

風がおもてで呼んでゐる
「さあ起きて
赤いシャッツと
いつものぼろぼろの外套を着て
早くおもてへ出て来るんだ」と
風が交々《こもごも》叫んでゐる
「おれたちはみな
おまへの出るのを迎へるために
おまへのすきなみぞれの粒《つぶ》を
横ぞっぽうに飛ばしてゐる
おまへも早く飛びだして来て
あすこの稜《かど》ある巌《いは》の上
葉のない黒い林のなかで
うつくしいソプラノをもった

おれたちのなかのひとりと
約束通り結婚しろ」と
繰り返し繰り返し
風がおもてで叫んでゐる

〔丁丁丁丁〕

　　　　丁丁丁丁丁
　　　　丁丁丁丁丁
叩きつけられてゐる　丁
叩きつけられてゐる　丁
藻《も》でまっくらな　丁丁丁
塩の海　丁丁丁丁丁
熱　丁丁丁丁丁

熱　熱　　　　丁丁丁
　　（尊々殺々殺
　　殺々尊々々
　　尊々殺々殺
　　殺々尊々尊）
ゲニイ*めたうとう本音を出した
やってみろ　　丁丁丁
きさまなんかにまけるかよ
　何か巨《おほ》きな鳥の影
　ふう　　　　丁丁丁
海は青じろく明け　　　丁
もうもうあがる蒸気のなかに
香《かう》ばしく息づいて泛《うか》ぶ
巨きな花の蕾《つぼみ》がある

〔胸はいま〕

胸はいま
熱くかなしい鹹湖《くわんこ》*であって
岸にはじつに二百里の
まっ黒な鱗木《りんぼく》類の林がつゞく
そしていったいわたくしは
爬虫《はちゆう》がどれか鳥の形にかはるまで
じっとうごかず
寝てゐなければならないのか

短歌抄

（明治四十二年四月より）

中の字の徽章《きしやう》を買ふとつれだちてなまあたたかき風に出でたり

父よ父よなどて舎監の前にしてかのとき銀の時計を捲《ま》きし

〔さすらひの楽師は町のはづれとてまなこむなしくけしの茎噛《か》む〕
　（明治四十四年一月より）

ひがしぞら
かゞやきませど丘はなほ
うめばちさうの夢をたもちつ

泣きながら北に馳《は》せ行く塔などの

あるべきそらのけはひならずや

凍りたるはがねのそらの傷口にとられじとなくよるのからすらなり

いくたびか愕《おど》ろきさめて朝となりしからすのせなかに灰雲がつき

石投げなば雨ふるといふうみの面《おも》はあまりに青くかなしかりけり

うしろよりにらむものありうしろよりわれらをにらむ青きものあり

大正三年四月

つつましく

午食《ごしよく》の鰤《ぶり》をよそへるは
たしかに蛇の青き皮なり

わがあたま
ときどきわれに
ことなれる
つめたき天を見しむることあり

なつかしき
地球はいづこ
いまははや
ふせど仰《あお》げどありかもわかず

そらに居て

みどりのほのほかなしむと
地球のひとのしるやしらずや

ぼんやりと脳もからだも
うす白く
消え行くことの近くあるらし

きみ恋ひて
くもくらき日を
あひつぎて
道化祭の山車《だし》は行きたり

神楽殿
のぼれば鳥のなきどよみ

いよよに君を
恋ひわたるかも

はだしにて
よるの線路をはせきたり
汽車に行き逢《あ》へり
その窓明し

いなびかり
みなぎり来れば
わが百合の
花はうごかずましろく怒れり

よるべなき

酸素の波の岸に居て
機械のごとく　麻をうつひと

大正五年三月より

黒雲を
ちぎりて土にたゝきつけ
このかなしみの
かもめ　落せよ

大正五年十月より

「何《なん》の用《よ》だ。」

「酒《さげ》の伝票。」

「誰《だれ》だ。名は。」

「高橋茂吉《ぎづ》。」

「よし。少《ぴや》こ、待で。」

大正六年五月

夜の柏ばら

かしはばらみちをうしなひ
しらしらと
わたる銀河にむかひたちけり

大正六年七月より

阿片光
さびしくこむるたそがれの
胸にゆらぎぬ
麻むらの青

岩鐘《がんしやう》のまくろき脚にあらはれて

稗《ひえ》のはた来る
郵便脚夫

大正七年五月より

薄明の青木
暮れやらぬ　黄水晶《シトリン》のそらに
青みわびて　木は立てり
あめ、まつすぐに降り

葛丸
ほしぞらは
しづにめぐるを
わがこゝろ
あやしきものにかこまれて立つ

〔青びとのながれ〕
〔あゝこはこれいづちの河のけしきぞや人と死びととむれながれたり〕

大正八年八月より
〔ゴオホサイプレスの歌〕

サイプレス*
忿《いか》りは燃えて
天雲のうづ巻をさへ灼《や》かんとすなり

雑誌発表の短歌
みふゆのひのき

アルゴンの、かゞやくそらに　悪《わる》ひのき
みだれみだれていとゞ恐ろし

ちゃんがちゃがうまこ

夜明には　まだはやんとも下の橋
ちゃんがちゃんがうまこ　見さ出はた人

ふさつけだ　ちゃがちゃがうまこ　はせでげば
夜明けの為《ため》か　泣くたよな　気もする

原稿断片等の中の短歌

塵点《じんてん》の
劫《こう》をし*
過ぎて
いましこの
妙のみ法に
あひまつ

りしを

げに秘《ひ》めし
ひともとゆゑと花びとの
その名をつひに明《あか》さざりけり

岩鐘の
きはだちくらき
肩に来て
夕の雲は
銀の
挨拶

（絶筆）

方十里稗貫《ひえぬき》のみかも
稲熟れてみ祭三日
そらはれわたる

病《いたつき》のゆゑにもくちん
いのちなり
みのりに棄てば
うれしからまし

初期断章・短篇

「旅人のはなし」から

ずっと前に、私はある旅人の話を読みました。書いた人も本の名前も忘れましたが、とにかく、その旅人は永い永い間、旅を続けてゐました。今頃《いまごろ》もきっとどこかを、どこかで買った、洋傘《かうもりがさ》を引きずって歩いてゐるのでせう。今思ひ出したくらゐ、その、はなしを書きます、事によったら、いつのまにか他の本のはなしも雑《まじ》ってゐるのでせう。

ある時、その旅人は一人の道づれと歩いて、ゐました、よく晴れた日で、二人の瞳《ひとみ》の中には空や、山や、木や道やが奇麗に、さかさまに、写ってゐました。道づれの旅人が黙ってゐるので、この旅人も黙って歩いてゐました、ふと鴨《かも》が一疋《ぴき》、飛んで過ぎました、道づれの旅人は

「あれは何でございませうか。」とき〻ました、

「鴨です」なんの気もなく旅人も答へました、

「どこへ行ったでせう。」

「飛んで行ったぢゃ、ございませんか。」

道連れの旅人は手をのばして、この旅人の鼻をギッとひねりました、旅人はびっくりするひまもなく、「ア痛ッ」とか何とか叫びました、

そしたら道連の旅人が申しました、

「飛んで行ったもんかい」

旅人は、はっと気がつきました。それでも、も少し旅をしなければ、ならないと思ひました。多分さうでせう。

旅人は、それよりも前に、ある支那《しな》の南部の町に参りました、非常に暑い日で、ございました、自分の影法師を見ながら歩いてふと空を見上げますと青空に大きな白い自分の影法師が立ってゐました、みなさんもそんな事に会ったでせう。町の真中の広い道はたゞ、この旅人一人が歩いてゐました、その時、向ふからガラン〳〵と大きな音がします、見ますとそれは汚ない乞食《こじき》坊主でした、大きな鈴を振って歩いてゐるのです、口の無暗《むやみ》に大きな男で眼玉《めだま》はギラギラと光ってゐました、その晩旅人は宿屋で、あした町はづれの小山で面白い事があると云《い》ふ事を、きゝました、翌日旅人はそこに行って沢山の見物人と一所《いっしょ》に立ってゐました、そこへ昨日の乞食が例の大きな鈴を鳴らして向から来ました、みんなはがや〳〵云ひました、乞食は木で作った箱の様なものを持ち出して、その中へ入りました、蓋《ふた》も誰《たれ》かがしたでせう、暫《しば》らくの間、みんなで、しんとして見てゐました、何もありませんでした、みんな少しがやがや云ひました、その時空中にガラ

ン〱〱と昨日の鈴の音が烈《はげ》しくしてやみました、みんな初めは青くなってゐましたが、たうとうその箱の蓋を開いて見ましたが、もはや何も居ませんでした、

旅人はある時、「戦争と平和」と云ふ国へ遊びに参りました、そこで彼はナタアシアやプリンスアンドレイやに会ひました、悲しみやら喜びやらの永い芝居を見てしまって最早《もはや》この国を出ようとするとき六《むつ》かしい顔をしてその国の王様が逐《お》ひかけて参りました、「オイオイ、君は私の本当の名前を知ってゐるか。」と申しながら一層こみ入った様な顔してその王様はくるりと後を向いて行きました、

旅人は行く先々で友達を得ました、又それに、はなれました、それはそれは随分遠くへ離れてしまった人もありました、旅人は旅の忙しさに大抵は忘れてしまひましたが時々は朝の顔を洗ふときや、ぬかるみから足を引き上げる時などに、この人たちを思ひ出して泪《なみだ》ぐみました、

どうしたとてその友だちの居る所へ二度と行かれませうか、二つの抛物線《はうぶつせん》とか云ふ様なものでせう、

旅人はあるときは、すっかりやつれて東京で買った白い帽子も服も土に染められ髪は延びはて、靴のかゝとは無くなったときもありました、それでも又イタリヤのサンタリスク先生の所へ御客になって暫《しば》らく留まり、こゝを出る時は新しい旅人の形になるのでした。

旅人は決して一年一ぱい歩いてゐるのでもありませんでした、王様のない国へ行っては王様に二年半ばかりなったり、ひどい王様の国へ行っては、王様の詩を朗読しなさるときに菓子を喰べてゐたと云ふ罪で、火あぶりになる筈《はず》の子供の代りになって死んだり致しました、さてさて永い旅でございました、この多感な旅人は旅の間に沢山の恋を致しました、女をも男をも、あるときは木を恋したり、何としたわけ合やら指導標の処《ところ》へ行って恭《うやうや》しく帽子を取ったり、けれども、たうとう旅の終りが近づきました。旅の終とは申すものの、それはこの様なやはり旅の一部分でございました、

あるとき一つの御城に参りました、その御城の立派なことは何にたとへませうか、道ばたに咲いてゐるクローバアの小さな一つの蝶形花冠よりもまた美しいのでした。年老《と》った王様が、こゝに居《を》りました、その国の広い事、人民の富んでゐる事、この国には生存競争などと申す様なつまらない競争もなく労働者対資本家などといふ様な頭の病める問題もなく総《すべ》てが楽しみ総てが悦《よろこ》び総てが真であり善である国でありました、決して喜びながら心の底で悲む様な変な人も居ませんでした、この御城を一寸《ちよつと》のぞいて見ましたら王様がつかつかと出て来ました、旅人はびっくりして逃げようとしました、その時王様にだきつかれて居ました、旅人は此《こ》の王様の王子だったので、ございます、王様は此の王子の為《ため》にこの国を作りました、それに其《その》子は東京で買った白い帽子をよごし洋傘《かうもりがさ》の骨を何返も修繕して貰《もら》ひながら永い間、歩いて居《を》ったのでございました、王子は永い旅

に又のぼりました、なぜなれば、かの無窮遠のかなたに離れたる彼の友達は誠は彼の兄弟であったからでありました、それですから今も歩いてゐるでせう。

盛岡《もりをか》高等農林学校に来ましたならば、まづ標本室と農場実習とを観《み》せてから植物園で苺《いちご》でも御馳走《ごちそう》しようではありませんか。

新しい紙を買って来て、この旅人のはなしを又書きたいと思ひます。

〔峯や谷は〕

峯や谷は無茶苦茶に刻まれ私はわらぢの底を抜いてしまってその一番高いところから又低いところ又高いところと這《は》ひ歩いてゐました。
雪がのこって居てある処《ところ》ではマミと云《い》ふ小さな獣の群が歩いて堅くなった道がありました。
この峯や谷は実に私が刻んだのです。そのけはしい処にはわが獣《ケモノ》のかなしみが凝《こご》って出来た雲が流れその谷底には茨《いばら》や様々の灌木《くわんぼく》が暗くも被《かぶ》さりました。雨の降った日にこの中のほゝの花が一斉に咲きました。

　けはしくも刻むこゝろのみねみねにさきわたりたるほゝの花はも。

又、

　こゝはこれ惑ふ木立のなかならず忍びを習ふ春の道場。

ほゝの花は白く山羊《やぎ》の乳のやうにしめやかにその蕋《ずゐ》は黄金《きん》色に輝きます。
この花をよろこぶ人は折って持って行っても何にもなりません。この花をよく咲かせようと根へ智利《ちり》硝石《せうせき》や過燐酸《くわりんさん》をやっても何にもなりません。
◎われは誓ひてむかしの魔王波旬《はじゆん》*の眷属《けんぞく》*とならず、
又その子商主の召使たる辞令を受けず。

花《はな》椰《や》菜《さい》*

うすい鼠《ねずみ》がかった光がそこらいちめんほのかにこめてゐた。

そこはカムチャッカの横の方の地図で見ると山脈の褐色《かっしょく》のケバが明るくつらなってゐるあたりらしかったが実際はそんな山も見えず却《かへ》ってでこぼこの野原のやうに思はれた。

とにかく私は粗末な白木の小屋の入口に座ってゐた。

その小屋といふのも南の方は明けっぱなしで壁もなく窓もなくたゞ二尺ばかりの腰板がぎしぎし張ってあるばかりだった。

一人の髪のもぢゃもぢゃした女と私は何か談《はな》してゐた。その女は日本から渡った百姓のおかみさんらしかった。たしかに肩に四角なきれをかけてゐた。

私は談しながら自分の役目なのでしきりに横目でそっと外を見た。

外はまっくろな腐植土の畑で向ふには暗い色の針葉樹がぞろりとならんでゐた。

小屋のうしろにもたしかにその黒い木がいっぱいにしげってゐるらしかった。畑には灰いろの花椰菜《はなやさい》が光って百本ばかりそれから蕃茄《トマト》の緑や黄金《きん》の葉がくしゃくしゃにからみ合ってゐた。馬鈴薯《ばれいしよ》もあった。馬鈴薯は大抵倒れたりガサガサに枯れたりしてゐた。ロシア人やだったん人がふらふらと行ったり来たりしてゐた。全体祈ってゐるのだらうか畑を作ってゐるのだらうかと私は何べんも考へた。

実にふらふらと踊るやうに泳ぐやうに往来してゐた。そして横目でちらちら私を見たのだ。黒い繻子《しゆす》のみじかい三角マントを着てゐたものもあった。むやみにせいが高くて頑丈《ぐわんぢやう》さうな曲った脚に脚絆《きやはん》をぐるぐる捲《ま》いてゐる人もあった。

右手の方にきれいな藤《ふぢ》いろの寛衣をつけた若い男が立ってだまって私をさぐるやうに見てゐた。私と瞳《ひとみ》が合ふや俄《にはか》に顔色をゆるがし眉《まゆ》をきっとあげた。そして腰につけてゐた刀の模型のやうなものを今にも抜くやうなそぶりをして見せた。私はつまらないと思った。それからチラッと愛を感じた。すべて敵に遭《あ》って却《かへ》ってそれをなつかしむ、これがおれのこの頃《ごろ》の病気だと私はひとりでつぶやいた。そして哂《わら》った。考へて又哂った。

その男はもう見えなかった。

その時百姓のおかみさんが小屋の隅の幅二尺ばかりの白木の扉《と》を指さして

「どうか婆《ば》にも一寸《ちよつと》遭っておくなさい。」と云った。私はさっきからその扉は外へ出る為《ため》のだと思ってゐたのだ。もっとも時々頭の底でははあ騒動のときのかくれ場所だななどと考へてはゐた。けれども戸があいた。そして黒いゴリゴリのマントらしいものを着てまっ白に光った髪のひどく陰気なばあさんが黙って出て来て黙って座った。そして不思議さうにしげしげ私の顔を見つめた。

私はふっと自分の服装を見た。たしかに茶いろのポケットの沢山ついた上着を着て長《なが》靴《ぐつ》をはいてゐる。そこで私は又私の役目を思ひ出した。そして又横目でそっと作物の発育の工合《ぐあひ》を眺《なが》めた。一エーカー五百キログラム、いやもっとある、などと考へた。人がうろうろしてゐた。せいの高い顔の滑らかに黄いろな男がゐた。あれは支那《しな》人にちがひないと思った。

よく見るとたしかに髪を捲《ま》いてゐた。その男は大股《おほまた》に右手に入った。それから小さな親切さうな青いきものの男がどうしたわけか片あしにリボンのやうにはんけちを結んでゐた。そして両あしをきちんと集めて少しかゞむやうにしてしばらくじっとしてゐた。私はたしかに祈りだと思った。

私はもういつか小屋を出てゐた。全く小屋はいつかなくなってゐた。うすあかりが青くけむり東のそらには日本の春の夕方のやうに鼠《ねずみ》色の重い雲が一杯に重なってゐた。そこに紫苑《しをん》の花びらが羽虫のやうにむらがり飛びかすかに光って渦を巻いた。

みんなはだれもパッと顔をほてらせてあつまり手を斜に東の空へのばして「ホッホッホッホッホッ。」と叫んで飛びあがった。私は花椰菜《はなやさい》の中ですっぱだかになってゐた。私のからだは貝殻よりも白く光ってゐた。私は感激してみんなのところへ走って行った。

そしてはねあがって手をのばしてみんなと一緒に「ホッホッホッホッ」と叫んだ。

たしかに紫苑のはなびらは生きてゐた。

みんなはだんだん東の方へうつって行った。

それから私は黒い針葉樹の列をくぐって外に出た。

白崎特務曹長《さうちやう》がそこに待ってゐた。そして二人はでこぼこの丘の斜面のやうなところをあるいてゐた。柳の花がきんきんと光って飛んだ。

「一体何をしらべて来いと云ふんだったらう。」私はふとたよりないこゝろもちになってから云った。

「種子をまちがへたんでせう。それをしらべて来いと云ふんでせう。」

「いや収量がどれだけだったかといふのらしかったぜ。」私は又云った。

向ふにべつの畑が光って見えた。そこにも花椰菜《はなやさい》がならんでゐた。これから本国へたづねてやるのも返事の来るまで容易でない、それにまだ二百里だ、と私は考へて又たよりないやうな気がした。

白崎特務曹長は先に立ってぐんぐん歩いた。

あけがた

おれはその時その青黒く淀《よど》んだ室《へや》の中の堅い灰色の自分の席にそはそは立ったり座ったりしてゐた。

二人の男がその室の中に居た。一人はたしかに獣医の有本でも一人はさまざまのやつらのもやもやした区分キメラ*であった。

おれはどこかへ出て行かうと考へてゐるらしかった。飛ぶんだぞ霧の中をきらっとふっとんでやるんだなどと頭の奥で叫んでゐた。ところがその二人がしきりに着物のはなしをした。

おれはひどくむしゃくしゃした。そして卓をガタガタゆすってゐた。

いきなり霧積が入って来た。霧積は変に白くぴかぴかする金襴《きんらん》の羽織を着てゐた。そしてひどく嬉《うれ》しさうに見えた。今朝は支那《しな》版画展覧会があって自分はその幹事になってゐるからそっちへ行くんだと云《い》ってかなり大声で笑った。おれはそれがしゃくにさはった。第一霧積は今日はおれと北の方の野原へ出かける約束だったのだ、それを白っぽい金襴の羽織などを着込んでわけもわからない処《ところ》へ行ってけらけら笑ったりしようといふのはあんまり失敬だと　おれは考へた。

　ところが霧積はどう云ふわけか急におれの着物を笑ひ出した。有本も笑った。区分キメラもつめたくあざ笑った。なんだ着物のことなどか、きさまらは男だらう、それに本気で着もののことを云ふのか、などとおれはそっと考へて見たがどうも気持が悪かった。それから今度は有本が何かもにゃもにゃ云っておれを慰めるやうにした。おれにはどういふわけで自分に着物が斯《か》う足りないのかどう考へても判《わか》らなくてひどく悲しかった。そこでおれは立ちあがって云った。

「あたりまへさ。おれなんぞまだ着物など三つも四つもためられる訳はないんだ。おれはこれで沢山だ。」

　有本や霧積は何か眩《まぶ》しく光る絵巻か角帯らしいものをひろげて引っぱってしゃべってゐた。おれはぷいと外へ出た。そしていきなり川ばたの白い四角な家に入った。知らない赤い女が髪もよく削らずに立ってゐた。そしていきなり
「お履物はこちらへまはしましたから。」と云っておれの革スリッパを変な裏口のやうな土間に投げ出した。おれは「ふん」と云ひながらそっちへ行った。それでも気分はよかった。

　片っ方のスリッパが裏返しになってゐた。その女が手を延ばして直す風をした。おれはこんな赤いすれっからしが本当にそれを直すかどうかと考へながら黙ってそれを見て

ゐた。

女は本当にスリッパを直した。おれは外へ出た。

川が烈《はげ》しく鳴ってゐる。一月十五日の村の踊りの太鼓が向岸から強くひゞいて来る。強い透明な太鼓の音だ。

川はあんまり冷たく物凄《ものすご》かった。おれは少し上流にのぼって行った。そこの所で川はまるで白と水色とぼろぼろになって崩れ落ちてゐた。そして殊更空の光が白く冷たかった。

（おれは全体川をきらひだ。）おれはかなり高い声で云った。

ひどい洪水の後らしかった。もう水は澄んでゐた。それでも非常な水勢なのだ。波と波とが激しく拍《う》って青くぎらぎらした。

支流が北から落ちてゐた。おれはだまってその岸について溯《のぼ》った。

空がツンツンと光ってゐる。水はごうごうと鳴ってゐた。おれはかなしかった。それから口笛を吹いた。口笛は向ふの方に行ってだんだん広く大きくなってしまひには手もつけられないやうにひろがった。

そして向ふに大きな島が見えた。それはいつかの洪水でできてからもう余程の年を経たらしく高さも百尺はあった。栗《くり》や雑木が一杯にしげってゐた。

おれはそっちへ行かうと思った。

そしていつかもう島の上に立ってゐた。どうして川を渡ったらう、私は考へながらさびしくふり返った。

たしかにそれは水が切れて小さなぴちゃぴちゃの瀬になってゐたのだ。おれは青白く光る空を見た。洪水がいつまた黒い壁のやうになって襲って来るかわからないと考へた。小さな子供のいきなりながされる模様を想像した。それから西の山脈を見た。それは碧《あを》くなめらかに光ってゐた。あんな明るいところで今雨の降ってゐるわけはない、おれは考へた。

そらにひろがる高い雑木の梢《こずゑ》を見た、あすこまで昇ればまづ大抵の洪水なら大丈夫だ、そのうちにきっと弟が助けに来る、けれどもどうして助けるのかなとおれは考へた。

いつか島が又もとの岸とくっついてゐた。その手前はうららかな孔雀石《くじやくいし》の馬蹄《ばてい》形の淵《ふち》になってゐた。おれは立ちどまった。そして又口笛を吹いた。そして雑木の幹に白いきのこを見た。まっしろなさるのこしかけを見た。

それから志木、大高と彫《ほ》られた白い二列の文字を見た。

瘦《や》せてオーバアコートを着てわらぢを穿《は》いた男が青光りのさるとりいばらの中にまっすぐに立ってゐた。

「私は志木です。こゝの測量に着手したのは私であります。」帽子をとっていやに堅苦しくその男が云った。志木、志木とはてな、どこかで聞いたぞとおれは思った。

〔手紙　四〕

わたくしはある人から云《い》ひつけられて、この手紙を印刷してあなたがたにおわたしします。どなたか、ポーセがほんたうにどうなつたか、知つてゐるかたはありませんか。チユンセがさつぱりごはんもたべないで毎日考へてばかりゐるのです。

ポーセはチユンセの小さな妹ですが、チユンセはいつもいぢ悪ばかりしました。ポーセがせつかく植ゑて、水をかけた小さな桃の木になめくぢをたけて置いたり、ポーセの靴《くつ》に甲虫《かぶとむし》を飼つて、二月《ふたつき》もそれをかくして置いたりしました。ある日などはチユンセがくるみの木にのぼつて青い実を落してゐましたら、ポーセが小さな卵形のあたまをぬれたハンケチで包んで、「兄さん、くるみちやうだい。」なんて云ひながら大へんよろこんで出て来ましたのに、チユンセは、「そら、とつてごらん。」とまるで怒つたやうな声で云つてわざと頭に実を投げつけるやうにして泣かせて帰しました。

ところがポーセは、十一月ころ、俄《には》かに病気になつたのです。おつかさんもひどく心配さうでした。チユンセが行つて見ますと、ポーセの小さな唇《くちびる》はなんだか青くなつて、眼ばかり大きくあいて、いつぱいに涙をためてゐました。チユンセは声が出ないのを無理にこらへて云ひました。「おいら、何でも呉《く》れてやるぜ。あの銅の歯車だつて欲しけややるよ。」けれどもポーセはだまつて頭をふりました。息ばかりすうすうきこえました。

チユンセは困つてしばらくもぢもぢしてゐましたが思ひ切つてもう一ぺん云ひました。「雨雪とつて来てやろか。」「うん。」ポーセがやつと答へました。チユンセはまるで鉄砲《てつぽう》丸《だま》のやうにおもてに飛び出しました。おもてはうすくらくてみぞれがびちよびちよ降つてゐました。チユンセは松の木の枝から雨雪を両手にいつぱいとつて来ました。それからポーセの枕《まくら》もとに行つて皿にそれを置き、さじでポーセにたべさせました。ポーセはおいしさうに三さじばかり喰べましたら急にぐたつとなつていきをつかなくなりました。おつかさんがおどろいて泣いてポーセの名を呼びながら一生けん命ゆすぶりましたけれども、ポーセの汗でしめつた髪《け》の頭はたゞゆすぶられた通りうごくだけでした。チユンセはげんこを眼《め》にあてて、虎《とら》の子供のやうな声で泣きました。

それから春になつてチユンセは学校も六年でさがつてしまひました。チユンセはもう働いてゐるのです。春に、くるみの木がみんな青い房のやうなものを下げてゐるでせう。その下にしやがんで、チユンセはキヤベヂの床をつくつてゐました。そしたら土の中から一ぴきのうすい緑いろの小さな蛙《かへる》がよろよろと這《は》つて出て来ました。

「かへるなんざ、潰《つぶ》れちまへ。」チユンセは大きな稜石《かどいし》でいきなりそれを叩《たた》きました。

それからひるすぎ、枯れ草の中でチユンセがとろとろやすんでゐましたら、いつかチユンセはぼおつと黄いろな野原のやうなところを歩いて行くやうにおもひました。すると向ふにポーセがしもやけのある小さな手で眼をこすりながら立つてゐてぼんやりチユンセに云ひました。

「兄さんなぜあたいの青いおべべ裂いたの。」チユンセはびつくりしてはね起きて一生けん命そこらをさがしたり考へたりしてみましたがなんにもわからないのです。どなたかポーセを知つてゐるかたはないでせうか。けれども私《わたくし》にこの手紙を云ひつけたひとが云つてゐました。「チユンセはポーセをたづねることはむだだ。なぜならどんなこどもでも、また、はたけではたらいてゐるひとでも、汽車の中で苹果《りんご》をたべてゐるひとでも、また歌ふ鳥や歌はない鳥、青や黒やのあらゆる魚、あらゆるけものも、あらゆる虫も、みんな、みんな、むかしからのおたがひのきやうだいなのだから。チユンセがもしもポーセをほんたうにかあいさうにおもふなら大きな勇気を出してすべてのいきもののほんたうの幸福をさがさなければいけない。それはナムサダルマプフンダリカサスートラ*といふものである。チユンセがもし勇気のあるほんたうの男の子ならなぜまつしぐらにそれに向つて進まないか。」それからこのひとはまた云ひました。「チユンセはいいこどもだ。さアおまへはチユンセやポーセやみんなのために、ポーセをたづねる手紙を出すがいい。」そこで私はいまこれをあなたに送るのです。

解説・エッセイ・年譜

解説

生命体をとらえる未知の言葉

吉田文憲

宮沢賢治の創作活動は、短歌からはじまっている。大正三年（一九一四）の短歌に、次のようなものがある。

なつかしき
地球はいづこ
いまははや
ふせど仰げどありかもわからず

これは、地球を何十年も、いや何百年も（相対性理論による時間的尺度によれば）離れていた人が、宇宙船に乗ってようやく地球に帰還するときの感慨でも歌った歌なのではないか、とふと思った。「懐かしき／地球はいづこ」とは、どこか地球を、地球の外から眺めているものの発想である。西暦二〇××年、地球への帰還をめざすあの映画『エイリアン』の宇宙船ノストロモ号の乗組員がもし歌を詠んだら、右のような感慨を記すだろうか。未来の宇宙人浦島の短歌。宇宙人賢治の短歌。「なつかしき／地球はいづこ」とは、たしかにどこか遠く未来からやってきたものの、地球を地球の外から眺めているものの歌なのではなかろうか。そこには、なにかしら、「未来圏からながげられた／戦慄すべき」なにものかの影（『春と修羅』第二集「未来圏からの影」）が立っていると感じられるのである。ともあれ、この当時、あるいはいまも、誰もこのような歌を詠んだものはいなかった。連作と思われる作品は、次のようになっている。

そらに居て
みどりのほのほかなしむと
地球のひとのしるやしらずや

ここでも「そらに居て」とあるから、この歌を詠んでいる人は天空に浮かんでいるのだろうか。「みどりのほのほ」を美しい大気のハローに包まれた青い地球の輝きととれば、この「そら」は地球の重力を離れた大気圏外の漆黒の宇宙空間ということにもなる。あたかもその人はその漆黒の闇に浮かんで眼下の地球を眺めているかのようだ。そして、その人にとって、われわれは「地球のひと」なのだ。地球、あるいは地球人を地球外から（あるいは地球に在りながら）相対的に見る視線。遠い未来の方からやってきた視線。これも、考えてみれば、不思議な歌である。私はふと、このような歌を詠んだのが童話「銀河鉄道の夜」のジョバンニやカムパネルラたちなのではないか、と考えてみる。天上の美しい野原に消えた未来のカムパネルラが「そらに居て／みどりのほかなしむと／地球のひとのしるやしらずや」という歌を詠むことなどありそうなことだ。あるいはもしもジョバンニがそのまま銀河鉄道の夜の旅を続けていたら、そして何十年後かのちに地球に帰還しようとしたら、その間に地球には何百年かの時間が流れていて「なつかしき／地球はいづこ／いまははや／ふせど仰げどありかもわかず」などという感慨をいだくことなど、これもまたいかにもありそうな話ではないか。右の短歌は私を、そのようなSF小説かSF映画のような空想に誘い出す。

『春と修羅』第一集の有名な「岩手山」なども、あきらかにこの「なつかしき／地球はいづこ」と詠った人でなければ書き得ない作品ではなかろうか。

岩手山

そらの散乱反射のなかに
古ぼけて黒くゑぐるもの
ひかりの微塵系列の底に
きたなくしろく澱むもの

これは先の短歌と同じように「ふせど仰げど」（俯角と仰角）の二つの視線がダイナミックに交差するなかで書（描）かれている。一、二行目は俯角の視線で光が散乱反射するなかに、えぐれて黒く影絵のように見える岩手山。三、四行目は超高層から見下ろした視線に白く澱んであたかも豆粒のように見える岩手山。たとえばそれは航空写真で岩手山を超高層の真上から撮影したらそのようにも見えるだろうという岩手山である。散乱反射とは、光やX線などが大気中の分子、原子、微粒子等に当たって四方に散らばるさまを言う。それを詩人は三行目で「ひかりの微塵系列」とも言っている。「ひかりの微塵系列」という言い方には、あきらかに光を目に見えない微粒子の散乱反射と捉える当時の物理学の知見が反映している。またこの詩は面白いことに、一行目「光」、二行目「闇」、三行目「光」、四行目「闇」の、光と闇、あるいは白と黒の交互に明滅する連鎖のなかで書かれている。そしてそれは、私たちに、ただちに、あの『春の修羅』第一集「序」の有名な詩句「ここまでたもちつゞけられた／かげとひかりのひとくさりづつ／そのとほりの心象スケッチです」を思い起こさせる。

さらにこの詩の、光と闇、白と黒の明滅は、この文庫のⅣ章「詩ノート」に収録されている詩「〔黒と白との細胞のあらゆる順列をつくり〕」という特異な作品をも思い起こさせる。この詩では「黒」と「白」の明滅はそのまま生命体の生命《いのち》の連鎖＝流れであり、それは億万という細胞の電子系順列のたえざる（「せはしいせはしい」）明滅（＝燃焼）であることが記されている。賢治には、この宇宙も、そしてわれわれの肉体も意識も、同じ一つの電気現象であり、同じ細胞（元素）の明滅であるという認識がある。

一方で、賢治は、こんな独創的で面白い歌も詠んでいる。


「何の用《よ》だ。」

「酒《さげ》の伝票。」

「誰《だれ》だ。名は。」

「高橋茂吉《ぎづ》」

「よし。少《びや》こ、待で。」

大正五年（一九一六）、賢治二十《はたち》のときの作品だが、どうだろうか、これなどはたんに面白いだけでなく、その発想はいま読んでもじゅうぶん新しいし、例の俵万智の「カンチューハイ二本で……」などの歌をはるかに先取りしているとさえいえるのではなかろうか。

そうかと思えば、大正六年（一九一七）には、見逃すことのできないこんな象徴的な（と私には思われる）歌も詠まれている。

岩鐘のまくろき脚にあらはれて
稗《ひえ》のはた来る
郵便脚夫

岩鐘とは、釣鐘の形をしたトロイデ形状の山のことだが、この歌の情景は、そのような山の麓になにかしら「まくろき」怪しい影を現したものがいて、その影がいま稗の畑をいっさんにこちらへむかってやってくる、誰だろうと思ってみていると郵便屋さんだった、というのである。一見ありふれた日常の一コマを詠んだ歌のようだが、よく読むと、これもまたじつに不思議な歌である。

まず、これは実景だろうか。私にはどうもそうとは思われない。そしてこの歌の構図は、どこかで『春と修羅』第一集冒頭の詩「屈折率」によく似ている。いや、たんに似ているだけではない。この歌の中の岩鐘を、詩「屈折率」に出てくる七つ森に置き換えれば、私たちはそこにほとんど同じ風景の構図を描くことができるはずである。たとえばこの歌を背景にして詩「屈折率」を次のような情景の中に描き出してみよう。七つ森の山の麓になにかしら青黒い影のような姿を現したものは、いまその途上にあって、自分が歩いてきた背後の七つ森の方を振り返り、そして次にこれから歩いてゆく前方の陰気な雲におおわれた雪空の方を振り仰いでいる。それが詩「屈折率」の、「わたくし」の位置を中心として左右に開かれたパノラマ的風景であろう。ところでこの詩「屈折率」と次の詩「くらかけ山の雪」はともに「(一九二二、一、六)」の日付をもっており、これらは一種の連作、あるいは対《ペア》として読まれるべき詩でもある。するとここではさらに次のような情景を想い描いてみることが可能だろう。この詩「屈折率」の「わたくし」はいま七つ森の方からやってきて、前方のくらかけ山の方を目指して歩いている。ところで、では、その「わたくし」が目指すくらかけ山とは、どんな場所なのか。それはその先の詩「小岩井農場」で「あすこなら空気もひどく明瞭で／樹でも艸《くさ》でもみんな幻燈だ」と書かれており、岩手山南麓のそのあたり一帯は賢治にとって「der heilige pumkt」＝(聖なる地点)とも呼ばれているようなになにか特別な場所なのである。一方、では、対になる七つ森はどうかといえば、いくつかの短歌や初期短篇「秋田街道」などを参照すると、その山麓のあたり一帯は彼にとってはいつもなにかしら青暗い魔の空間、賢治の言葉でいえば怪しい「異次空間」として意識されている。

　すると、私たちは右の短歌の一行目がなぜ「岩鐘のまくろき脚」（傍点、吉田）なのかを理解するのではなかろうか。この「まくろき」は、まさにそこが（そのあたり一帯が）なにかしら青暗い異次空間、魔の空間であることの象徴なのである。歌の中の「わたくし」はいまその青暗い魔の空間を脱け出て歩いてきた。詩「屈折率」でもそのあたり一帯がいつもの違って「水の中よりもっと明るく／そしてたいへん巨き」く見えるのは、そこがやはりなにかしら常ならぬ青白い異次空間に沈んで見えるからである。

　そもそも賢治にとって、この七つ森のへりを廻り、小岩井駅を通って、農場からくらかけ山のあたりへと至るコースは、彼がなんども歩いたお気に入りの歩行コースであった。右の短歌は実景というよりはそのようなかつての自分の七つ森のあたりを歩く姿を心の中に想い浮かべてできたイメージ＝心象風景（「心象スケッチ」）なのではなかろうか。私にはどうもそのように思われて仕方がないのである。そしてこのとき面白いのは、その風景の中を歩く自分の姿が、賢治の中ではいつのまにか幻の郵便脚夫に変身しているということである。詩「屈折率」にも、よく知られているように、

陰気な郵便脚夫のやうに

という一行がある。

私の想像では——おそらくこの詩「屈折率」はどこかで右の短歌をモンタージュするようにして書かれている。この詩の「陰気な郵便脚夫」は、おそらくは短歌の「郵便脚夫」に呼び出されるようにしてそこにメタファとしての幻の姿を現しているのではなかろうか。

そして私がこの短歌を象徴的だとかんがえるのは、宮沢賢治はここではじめて青暗い異空間の闇をくぐり抜けて野原のむこうからやってきたはるかなおのれの宿命（姿）に出会っているからである。『春と修羅』第一集の冒頭に置かれた詩「屈折率」が呼び出しているのは、そのような彼の宿命としてのドッペルゲンガー的な分裂相の黒い影なのである。

なぜ「郵便脚夫」が宮沢賢治の宿命の姿なのか。

これもまたよく知られていることだが、「雨ニモマケズ手帳」に「高知尾師ノ奨《スス》メニヨリ法華文学の創作」という記述があるように、賢治にとって創作とはどこかで宗教的な伝導・布教活動の使命の延長線上にあるものであった。賢治は大正十三年（一九二四）、亡くなった妹トシとの霊的な通信を求めて異様な樺太旅行を体験しているが（本文庫所収「青森挽歌」などの挽歌詩篇参照のこと）、その樺太旅行から帰ってきたあと「手紙四」と呼ばれるチラシを周囲のものに無署名で配布した。それ以前にも彼の宗教意識が高揚した大正八年（一九一九）頃に、布教を目的とした匿名の手紙（「手紙一〜三」、手紙というより宗教童話といった方がいいだろう）をやはり広告チラシを配布するように、郵送したり、中学校の下駄箱へそっと置いたりしたと言われている。異様な行動のようにも見えるが、ここには、賢治文学のある原型的な姿があるのではなかろうか。「手紙」や「はがき」を配達するようにして童話を書く——先の短歌や詩が「郵便脚夫」の名の下に呼び出しているのは、たとえばそのような宗教伝導者としての「書く人」賢治の姿である。

この「郵便脚夫」は同じように童話集『注文の多い料理店』「序」の中に描かれている、畑や森の中で風に耳を澄まして佇んだり、かしはばやしの青い夕方をひとりで通りかかったりしながら虹や月あかりからおはなしをもらってきたと語るあのどこか風変りな「わたくし」の姿として語ってもいい。賢治がこの童話集の広告文として書いた別の文章によれば、その人は異次元の深い森の中や極北の不思議な都会ベーリング市までつづく幻想の電柱の列をさまよいながらたくさんの「おはなし」を携えて遠くはるかにいまここ＝イーハトーヴまでやってきたのである。そしてその「わたくし」の姿は、むろん亡き妹との霊的通信を求めて極北への異様な旅をした宮沢賢治その人に重ね合わせることができるものでもある。その人の手にはいま山猫から一郎（＝という名の読者）

に宛てた一通の招待状＝あの「をかしな」はがきが握りしめられているかもしれない。「どんぐりと山猫」のみならず、童話集『注文の多い料理店』所収の九篇の作品はみな、そのような異次元の闇をくぐり抜けてやってきた「手紙」あるいはおかしな「はがき」として書かれているといってもいいのである。

詩「屈折率」については、さらに次のような問いを投げ出しておこう。

この詩の八行目、

（またアラツデイン　洋燈《ラムプ》とり）

と呟いているのは、誰か。

ここでは詳しくふれえないが、私の考えでは、これは、宮沢賢治の作品を考えるとき、その核心に横たわるとても重要な問いのように思われる。

たとえば、ここには、詩の中の「わたくし」の声ではないもう一つの別の声が響いている。それは、次のように考えられる。すなわち、先の短歌や詩「屈折率」のようなパノラマ的な風景を可能ならしめるためには、作品の中には登場しない、作品の外にあってその風景全体を遠くから、あるいは少し高い位置から俯瞰的に眺める（あるいは見下ろす）もう一つ別の視線が必要なのである。いわば、これらの作品においては、作品の外にあるもう一人別の観測者の視線が必要なのだ。先の短歌やこの詩の風景（＝あるいは風景の枠組み）は、そのようなフレーム（＝作品）の外にあるものの、観測者の視線によって支えられているのである。

それを、さらに次のように言ってみることも可能だろうか。先の短歌や詩「屈折率」のような作品は、作品の「内」にあるものと作品の「外」にあるものとのめくるめくような相互変換の意識、一種の遠隔感応力《テレポテーション》の激しい交感のなかで書かれているのだ、と。

ところで、遠隔感応力（テレポテーション）が開く作品世界――といえば、私たちはただちにあの「銀河鉄道の夜」初期形のブルカニロ博士とジョバンニの関係を思い浮かべるのではなかろうか。御存知のように「銀河鉄道の夜」初期形においてブルカニロ博士は夢から覚めたジョバンニに対して「私はこんなしづかな場所で遠くから私の考えを人に伝へる実験をしたいと考へていた」と語る。あのジョバンニの銀河鉄道の夜の不思議な旅はじつは作品内にはあからさまには登場しない（ときどきそれは作品の外からやってくる「セロのやうな声」として聞こえてくる）ブルカニロ博士のテレパシーの実験が見せた夢だったことが、この作品の最後のシーンで明きらかにされる。たとえば詩「屈折率」の八行目に浮上しているカッコの声はそのようなテレポテーションの交感のなかからやってきたものなのではなかろうか。そしてここにも賢治作品のたえず二つに引き裂かれてゆく（「すべて二重の風景を」、賢治作品における「二」のモチーフ）ドッペルゲンガー的な分裂相が覗いている。

ともあれ、詩「屈折率」はとても構造的（立体的、あるいは映像的）な作品である。この作品は、賢治の世界観に還元していえば、たとえば四次元的な時空連続体をフレームの外にいる者＝観測者の視線が一瞬切り取ったそこに明滅する世界の断面図として書かれている（その世界の断面図＝明滅する映像こそが賢治のいう「心象スケッチ」なのではなかろうか）。いずれにしても、詩「屈折率」において、賢治は、そこで彼の認識の世界モデルを提出しているのである。

短歌を中心に述べてきたが、宮沢賢治はまれにみる多面的な作家である。それは、彼が、詩人であり、童話作家であり、教師であり、また科学者、宗教家、農村の技師であり、といった外面的なことにとどまらない。作品を通して現れてくる賢治の顔もじつに多彩である。よく知られているあの「雨ニモマケズ」のデクノボーになりたいと祈る無垢な賢治がいるかと思えば、童話「毒もみのすきな署長さん」のように「あゝ、面白かった。……いよいよこんどは、地獄で毒もみをやるかな。」とうそぶく悪の楽しみを知っているかのような、別の魅力をもった賢治もいる。怒りに身をふるわせる賢治がおり、風の中に突然ホッホッと叫んで走り出す賢治がいる。踊る賢治、にが笑いを浮かべる賢治、悲しみに身悶える賢治、そして故のない殺意に青ざめふるえている修羅の賢治の姿すら見ようと思えば見えてくるようにも思われる。そうかと思えば、この人は冒頭でも述べたようにどこか地球の外からやってきた別の星のエイリアンのようでもある。どの作品を読んでも、あるいは彼の書き残したどんな断片・語句に接しても強く感じられるのは、なによりも賢治の他の生き物（生きとし生けるもの）に対する異様な並み外れた強い共感力である。賢治のように他の生き物に対する異様な共感力に恵まれた作家は、まれである。そのような異様な共感力をもった賢治を宗教学者の中沢新一氏は「生命体の限界づけから自由な、純粋意識の「場所」にたって、生命体の実存を、内側からとらえた」作家と定義づけている（「残酷の作家」）。

この文庫本では、あまり例のないことだが、詩以外にも、短歌や魅力的な初期の短篇を収録した。それは少しでもそのような多面的な不思議な賢治を知ってもらいたいためでもある。たとえばその収録した初期短篇に「あけがた」というとても不思議な作品がある。そしてその中に「もやもやした区分キメラ」という、これもまたとても不思議な言葉が出てくる。キメラとは、ギリシア神話に出てくる頭が獅子、胴が羊、尾が蛇の複合怪獣の名前だが、それは遺伝子型のちがう組織が結合した不定形な細胞の無気味な蠢きでもある。宮沢賢治とは、誰か。私のイメージでは、この不定形な細胞の蠢きである「区分キメラ」は、もしかしたら宮沢賢治という存在＝稀有な「現象」を形容するのにもっともふさわしい言葉なのではないかと思われる。それはなにかしら中沢氏のいうあの生命体の実存を内側からとらえたものの、まだ誰も目にしたことのない未知の名前でもあるからである。

ともあれ、読者のみなさんには（とりわけ若い読者のみなさんには）詩のみならず短歌や初期の短篇にも、そのような未知の、新しい、不思議な賢治像を発見していただければ幸いである。

（詩人）

エッセイ

サンボリズムより散歩リズム

畑中 純

サンボリズムより散歩リズム。説明の必要な駄ジャレで書き起こしてしまったこの文に早くも暗雲が垂れ込める。とにかく歩こう。歩いていけば、やがて雲は途切れて、「どんぐりと山猫」の金田一郎くんのようにピカピカ輝く草原に行き着くかもしれないのだから。草原に立って口ずさめばいいのだ。〝海だべがと　おら　おもたれば　やっぱり光る山だたじゃい　ホウ　髪毛　風吹けば　鹿踊りだじゃい〟と。

散歩リズムの解説を忘れかけていた。一九五〇年生まれのボクは、一九六八年に北九州の高校を卒業してマンガ家を志して上京した。スタートはブラックユーモアを主体とする一枚マンガだった。ある心象か事がらの決定的瞬間を切り取るか、とじ込めるかして一枚を構成する。視点はシニカルで何かに喩《たと》えて表現することが多い。今見るとお寒い若描きだが、ボクなりの青春の苛立ちだったのだろう。近頃の青少年は実際にナイフを持ってて愚かだけど、人みな心にナイフを持つ時期はあるだろう。〃四月の気層のひかりの底を　唾《つばき》し　はぎしりゆききする　おれはひとりの修羅なのだ〃が《はな》ピタリと心に寄り添う時期がある。若い季節だ。そして政治の季節だった。学生運動華やかりし頃で、当時の流行《はやり》モノは、サイケデリック、アンダーグラウンドに代表される一種の、また何度目かのアヴァンギャルドだった。大江健三郎が華々しく登場し、教条的で舌足らずな唯物論が横行し、今だによく解らない実存主義が押し寄せ、ノーマン・メイラーは政治に対向するのは性と暴力だと叫び、ニーチェはしかめっ面をし続け、無理して日本を背負った三島由紀夫がスターで、健さんはスクリーンで我慢の末に悪党共をたたっ斬っていた。田舎出のマンガ家の卵が右往左往するのに充分な状況だ。〃情況〃なんて羞恥心なしには口にできない程の流行語だった。

　とにかく乗り遅れてはいけない空気があって、踊らされもしたし叩きのめされもした。みんなウルサイよ、人それぞれだよ、と、深夜密かに慰めてくれる何人かの作家が居たが、その中で最高の存在が『春と修羅』『注文の多い料理店』の宮沢賢治だったんだ。詩を読むという行為がまだまだ普通のことで、周辺に詩の本はいくらでもあったし、友と集《つど》えば詩人に話題が及ぶこともごく自然な環境だった。ランボーと朔太郎が一番人気だった。他に中也、啄木、達治、ボードレール、ヴェルレーヌなどが好まれていた。象徴主義（サンボリズム）といわれる人々が詩を代表していたような気がする。ボク自身も好んではいたが、次第に、これら選ばれた人々に反発し、又、敗北もし、生来の叙情好みに気づき、俗な物語りに目覚めていく過程で、「歌の別れ」を迎えていく。知的エリートたちに脆弱《ぜいじゃく》を見て離れたわけだけど、逆に云えば、ボクの〝青春の鋭角〟なんて知れていたのだろう。そんなダラシナイ男に長らく付き合ってくれたのは賢治だけだった。近年になって賢治ってたいへんなナルシストでエゴイストだと気付くのだけど、当時は、小学生の時〝雨ニモマケズ〟を茶化して遊んだ延長や、童話作家の一見柔らかさと、地方人の一見素朴さが、気安く感じて入り易かった。この間口の広さは、実は巨大な落し穴みたいなもので果てしがない。宇宙にまで連れて行かれると帰り道が分からなくなるので、行ってしまわない所をボクは彷徨《さまよ》っている。なにより韻律の人であり、徹底的に韻律の人である点に酔える。これはボクの偏見かも知れないが、どのジャンルでもリズム感のない人は大成しない。また、詩というものは記憶され口ずさまれてこそ詩である。もしかしたら文語定型詩こそが詩なのかもしれない。その雰囲気を残す四季派の三好達治あたりを境に、以後の現代詩は成立が難しくなった。

余計な物云いはここらでやめて、リズムに戻れば、賢治の心象スケッチや様々な現象や風景の記録は、歩行のリズムではないか、と、やや強引に結びつけボクは納得する。

ここでようやく〝サンボリズムより散歩リズム〟にたどり着いた。

散歩における現象の流れと妄想の錯綜、歩行のリズムに想起されるイメージと、また、よく一致する思考のリズム。至福の時だ。春画展を開く所まで来てしまった四十八歳マンガ家の散歩の妄想は、食い物と助平が半分くらい占めていて見苦しいが、若き日の賢治はそんなものではない。風を摑《つか》まえ、大地と対話し、愛と死に慟哭し、労働に苦悩し、人類の未来を憂える詩人だ。が、賢治を類稀《たぐいまれ》なる芸術家だとは思うが、正しい人だとはいわない。より良い志のみで良い作品が生まれるとは限らないと考えるし、悪魔とも取り引きできてこそ一人前の作家だと思うからだ。

今となっては、いわゆる高等遊民を気どれたこと、無テッポーに理想に突き進めたこと、戦争や生活の俗事に汚れなくて済んだこと、などを祝福したい。賢治は、それが許された数少ない巨きな才能だったのだ。

（漫画家）

語注（本文中の＊）

「春と修羅」序

修羅　梵語アスラ（asura）の音写、阿修羅の略。もとは善神の名であったが、やがて神にそむく悪神と解釈されるようになった。六《ろく》道《どう》（地獄、餓鬼、畜生、修羅、人、天）の一。

新生代沖積世　地質年代の一つで、一万年前より現代までのいちばん新しい時代を言う。

白堊《あ》紀　中生代の一。約一億年前。恐竜時代の後半にあたる。

「ぬすびと」

提婆《だいば》のかめ　提婆は、梵語デーバ（deva）の音写。天、天神のこと。「天、天神の高価なかめ」ほどの意、か。

「春と修羅」

諂曲《てんごく》模様　諂曲は、仏教語で、自分の意志を曲げて他人に媚《こ》び諂《へつら》うこと。これを「模様」としてイメージ化した。

ZYPRESSEN　ツィプレッセン。糸杉。

「真空溶媒」

Eine Phantasie im Margen　ドイツ語で、「朝の幻想」。

融銅《ゆうどう》　太陽のこと。

鱗木《りんぼく》　古生代後期、石炭紀に大森林を形成した化石シダ植物。

苦扁桃《くへんとう》　巴旦杏《はたん》。バラ科の落葉低木。

苦味丁幾《くみちんき》　苦い味の健胃剤。

テナルデイ軍曹　ビクトル・ユゴーの『レ・ミゼラブル』に出てくる悪党。

「蠕虫舞手《アンネリダタンツエーリン》」

蠕虫舞手《アンネリダタンツエーリン》　アンネリダ（Annelida）は蠕《ぜん》

形動物の学名。タンツェーリン（Tänzerin）はドイツ語で女性ダンサー。水槽か手手《ちょうず》鉢《ばち》の中で、くねくねと蠕動をくりかえしているボウフラを、舞手《ダンサー》の踊りに見たてたもの。
「小岩井農場」

sun-naid のから函　カリフォルニア産干葡萄の商標名。

剽悍《へうかん》　動作がすばやく、荒あらしい様子。

der heilige punkt　ドイツ語で「神聖な場所」。

瓔珞《やうらく》　装身具。宝石や貴金属を糸でつないで首飾りとしたもの。

ラリックス　唐《から》松の学名。
「原体剣舞連《はらたいけんばひれん》」

顥気《かうき》　灝は白く光る意。転じて天空の広々として明るいさま。

達谷《たった》**の悪路王**《あくろわう》　平泉の奥の達谷窟《たっこくいわや》を拠点にしていたと伝えられる蝦夷《えぞ》の首領の一人。

黒夜神《こくやじん》　中夜（午後十時）から丑《うし》の刻（午前二時）を司る災禍をもたらす神。

いつぷかぷ　溺死の方言。
「東岩手山」

礬土《は(ば)んど》　酸化アルミニウム。アルミナ、とも。

地球照《アースシャイン》　地球の太陽反射光によって月の影の部分がわずかに明るくなる現象。

高陵土《カオリンゲル》　中国の有名な景徳鎮製の陶器の原料となる粘土を高陵（中国語で Kaolin）土と言うが、それにドイツ語の膠《にかわ》質の意 gel をつけて呼んだ賢治の造語か。

目にあへば　方言で、ひどい目に遭った。大変だった。
「松の針」

terpentine《ターペンテイン》　テレビン油。マツ科の植物を蒸留して得た揮発性芳香を伴った液。
「白い鳥」

turquois　タキス。トルコ石。

vague　英語ヴェイグ、か。ぼんやりした、あいまいな。
「青森挽歌」

ギルちゃん　英語 guilty（罪のある）あたり

が出所か。

ナーガラ　梵語の nāgarāja（龍神＝巨蛇の鬼神）からきた名前、か。

万象同帰　あらゆる現象が同一のものに帰着すること。

ヘッケル博士「個体発生は系統発生をくり返す」という言葉で有名な、ドイツの生物学者。

仮睡硅酸　仮睡は仮眠、硅酸は硅酸塩の白い結晶。現実と非現実の意識の混濁した状態を語っている。賢治独特の表現。

Lêstudiantina　フランスの作曲家ワルトトイフェルのワルツ曲。

倶舎《くしゃ》　世親《せしん》の著した阿毘達磨《あびたつま》倶舎論のこと。

「風景とオルゴール」

薄明穹《はくめいきう》　薄明の夜空。

「冬と銀河ステーション」

パッセン大街道　花巻を走る釜石街道に賢治がつけた名。

Josef Pasternack　ポーランド出身の指揮者。

「晴天恣意《しい》」

アレニウス　スウェーデンの天文学者、物理学者、化学者。『最近の宇宙観』などの本が大正期の日本天文学界に大きな影響を与えた。

「休息」

Libid　リビドー。フロイトの学説に言う性的衝動を発動させる力。

禾草《くわさう》「禾」はいねなど穀類の総称、「草」は草木の総称。

eccolo qua!　イタリア語でエッコロ　クア。「彼（それ）がここにいる（ある）」の意。

「薤露青《かいろせい》」

薤露青　薤露とは、薤（ラッキョウ）の葉にたまった露の意だが、古来人の命のはかなさのたとえとして用いられる。それに「青」付して色彩表現とした。

プリオシンコースト　プリオシン（pliocene）とは地質年代の一つ、第三紀の鮮新世（約一二〇〇万年前〜二〇〇〇万年前）。この時期に人類が出現し、日本列島の形もできた。

「岩手軽便鉄道の一月」

ジュグランダー　オニグルミ Joglans から得た造語か。

サリックスランダー　Salix　柳。

アルヌスランダー　Alnus　はんのき。

ラリクスランダー　Larix　からまつ。

フサランダー　植物ではなく、電柱の列をフザー（Husar＝軽騎兵の列）に見立てた。

モルスランダー　Morus　桑の木。

「囈語」

囈語　うわごと。たわごと。

「夜」

硅板岩礫　俗に火打石と言われる、硅質岩類の光沢ある小石。

「〔サキノハカといふ黒い花といっしょに〕」

サキノハカ　花の名など諸説あるが、未詳。

「眼にて云ふ」

清明　二十四節気の一。陰暦三月の節で、四月六日ごろのこと。

「〔丁丁丁丁丁〕」

ゲニイ　悪魔《デモン》のことで、回教神話にもとづくgenie を賢治はドイツ語風に読んでいる。

「〔胸はいま〕」

鹹湖《くわんこ》　鹹は塩からい。塩水の湖。

「短歌」

サイプレス　cypress　糸杉のこと。

塵点《じんてん》**の劫**《こう》　法華経で説く三千塵点、五百塵点のこと。どちらも、永遠の時間を意味する。

「〔峯女谷は〕」

波旬　仏陀や弟子たちの修行を妨害する魔《ま》のこと。

眷属《けんぞく》　一族、手下、広く仲間のこと。

「花椰菜」

花椰《はなや》**菜**《さい》　カリフラワーのこと。

「あけがた」

キメラ　Chimera　遺伝子型の違う組織が結合して同一生命体に混在している現象。

「〔手紙四〕」

ナムサダルマプフンダリカスートラ　「南無

抄法蓮華経」を梵語の音で表記したもの。

（作成・吉田文憲）

年譜・参考文献

宮沢賢治　年譜

一八九六（明治二十九）年

八月二十七日　岩手県稗貫《ひえぬき》郡花巻町大字里川口（現・花巻市豊沢町）に、父政治郎、母イチの長男として生まれる。家業は質屋・古着商であった。

一八九八（明治三十一）年●二歳

十一月、妹トシが生まれる。

一八九八（明治三十二）年●三歳

伯母ヤギが朝夕唱える「正信偈」「白骨の御文章」などを暗誦する。

賢治５歳、妹トシと。

一九〇三（明治三十六）年●七歳

四月、町立花巻尋常高等小学校に入学。翌年四月、弟清六が生まれる。

一九〇五（明治三十八）年●九歳

担任の若い教師八木英三が教室で語る翻案ものの童話や民話に夢中になる。

一九〇六（明治三十九）年●十歳

八月、大沢温泉の仏教講習会で暁烏《あけがらす》敏《はや》の法話を聞く。鉱物採集、植物採集に熱中する。
一九〇九（明治四十二）年●十三歳
四月、県立盛岡中学校（現・盛岡第一高等学校）に入学、寄宿舎自彊寮に入る。
一九一〇（明治四十三）年●十四歳
六月、教師に引率されて初めて岩手山に登る。以来、岩手山の魅力にとりつかれ数えきれないほど登る。
一九一一（明治四十四）年●十五歳
五月、啄木の『一握の砂』の影響か、短歌の制作をはじめる。
一九一二（明治四十五・大正元）年●十六歳
八月、盛岡仏教夏期講習会で、島地大等の法話を聞く。
一九一四（大正三）年●十八歳
三月、盛岡中学校を卒業。四月、肥厚性鼻炎手術のため岩手病院へ入院。同じ齢の看護婦に恋をして結婚を父に申しでるが反対される。島地大等編『漢和対照　妙法蓮華経』を読み、激しく感動。
一九一五（大正四）年●十九歳
四月、盛岡高等農林学校農学科第二部（現・岩手大学農学部）に首席で入学。また、妹トシも日本女子大学校家政学部予科に入学。
一九一六（大正五）年●二十歳
特待生に選ばれる。七月、関豊太郎教授の指導で盛岡地方の地質調査を行う。八月、上京してドイツ語講習会に参加。
一九一七（大正六）年●二十一歳
七月、保阪嘉内らと学内同人誌〈アザリア〉を創刊。〈校友会会報〉にも短歌を発表。八月、江刺郡地質調査。このとき、原体剣舞を見る。

一九一八（大正七）年●二十二歳

四月より研究生となり、九月まで稗貫郡の土質調査に従事。職業問題で、父と対立。八月頃、はじめて童話「双子の星」などを書き家族に読んで聞かせる。十二月、東京に在学中の妹トシが肝炎で入院、母と上京し看病する。

一九一九（大正八）年●二十三歳

三月、全快したトシとともに花巻に戻り、家業に従事するが、親しめず、保坂嘉内宛に悶々たる心中をもらす書簡を書き送る。

一九二〇（大正九）年●二十四歳

五月、盛岡高等農林学校研究生を終了。七月、田中智学の著書を読み、十月、国柱会に入会。父に改宗をせまり、また町内を題目を唱えて歩くなどする。

一九二一（大正十）年●二十五歳

一月、家人に無断で上京。上野の国柱会本部を訪れる。本郷菊坂町に間借をし、帝大前の文信社で筆耕。国柱会の奉仕活動や街頭布教に励む。童話を多作。八月、トシ喀血の電報に大トランク一杯の原稿を持って帰郷。十二月、稗貫郡立稗貫農学校（大正十二年花巻農学校となる）教諭に就任。〈愛国婦人〉十二月及び一月号に童話「雪渡り」を発表。

一九二二（大正十一）年●二十六歳

一月、『春と修羅』収録詩篇の制作を始める。二月、エスペラント語の勉強を始める。十一月、療養中の妹トシ結核で死亡。

一九二三（大正十二）年●二十七歳

一月、トシの分骨を国柱会に納めるため上京。七月、教え子の就職依頼のために青森、北海道、樺太に旅行。

一九二四（大正十三）年●二十八歳
四月、心象スケッチ『春と修羅』一千部を自費出版。十二月、イーハトヴ童話『注文の多い料理店』一千部を自費出版。童話集はほとんど売れなかった。この頃「銀河鉄道の夜」の初稿が書かれる。

一九二五（大正十四）年●二十九歳
草野心平の〈銅鑼〉などの詩誌に作品を発表。

一九二六（大正十五年・昭和元）年●三十歳
一月、尾形亀之助編集の〈月曜〉に「オツベルと象」「ざしき童子のはなし」「寓話猫の事務所」を発表。三月、花巻農学校を依願退職。四月、花巻郊外で独居自炊、近くの畑を耕し、野菜や花を作る。六月、「農民芸術概論」を書く。八月頃、羅須地人協会発足。十二月、上京し、チェロなどを習う。高村光太郎を訪問。

一九二七（昭和二）年●三十一歳
二月、警察から社会主義運動との関係を疑われ、取調べを受ける。以後、羅須地人協会の集会が不定期となる。稲作指導などに奔走。

一九二八（昭和三）年●三十二歳
六月、大島行。八月、高熱に苦しみ、自宅で病臥。羅須地人協会の活動も中断。

一九二九（昭和四）年●三十三歳
病臥の状態が続く。春、中国の詩人の黄瀛《こうえい》が訪問。四月、東北砕石工場の鈴木東蔵が来訪、合成肥料のことで相談を受ける。

一九三〇（昭和五）年●三十四歳
三月末、病状やや回復。九月、陸中松川駅に東北砕石工場を訪れる。

一九三一（昭和六）年●三十五歳

二月、東北砕石工場技師となる。宣伝・販売まで受け持ち、秋田、宮城にも出張。九月十九日、製品見本を持って上京するが、二十日、発熱。駿河台の八幡館で病臥。遺言を書く。二十七日、花巻へ帰り再び病臥。十一月三日、手帳に「雨ニモマケズ」を記す。

一九三二（昭和七）年●三十六歳

四月、佐々木喜善の訪問を受け、エスペラントや民話について話す。

一九三三（昭和八）年●三十七歳

八月、「文語詩篇　五十篇」「文語詩稿　一百篇」を推敲し、清書。九月十七日、鳥谷ヶ崎神社の祭礼。鹿おどりをみて楽しむ。二十日、急性肺炎をおこし、病状が悪化。夕方、熱を押して、農民の肥料相談に応じる。二十一日、容態が急変し喀血。法華経一千部を翻刻し、友人知己に配布するように父に遺言。午後一時半永眠。二十三日、菩提寺安浄寺で葬儀。後に身照寺に改葬（昭和二十六年）。

（作成・吉田文憲）

『注文の多い料理店』広告葉書

宮沢賢治　主な参考文献

中村稔『宮沢賢治』筑摩叢書191（筑摩書房）一九七二
森荘巳池『宮沢賢治の肖像』（津軽書房）一九七四
天沢退二郎『《宮沢賢治》論』（筑摩書房）一九七六
天沢退二郎『謎解き・風の又三郎』（丸善ライブラリー）一九九一
天沢退二郎『宮沢賢治の彼方へ』（ちくま学芸文庫）一九九三
天沢退二郎『《宮沢賢治》注』（筑摩書房）一九九七
小野隆祥『宮沢賢治の思索と信仰』（泰流社）一九七九
菅谷規矩雄『宮沢賢治序説』（大和書房）一九八〇
宮城一男『宮沢賢治と自然』（玉川大学出版部）一九八三
真壁仁『「修羅の渚」―宮沢賢治拾遺』（秋田書房）一九八五
谷川雁『賢治の初期童話考』（潮出版社）一九八五
村瀬学『銀河鉄道の夜とは何か』（大和書房）一九八九
吉本隆明『宮沢賢治―近代日本詩人選13』（筑摩書房）一九八九
原子朗編『宮沢賢治語彙辞典』（東京書籍）一九八九
別役実『イーハトーボゆき軽便鉄道』（リブロポート）一九九〇
岡井隆『文語詩人宮沢賢治』（筑摩書房）一九九〇
入沢康夫『宮沢賢治　プリオシン海岸からの報告』（筑摩書房）一九九一

草野心平『宮沢賢治覚書』（ちくま文庫）一九九一

堀尾青史『年譜宮沢賢治伝』（中公文庫）一九九一

見田宗介『宮沢賢治　存在の祭りの中へ』（岩波同時代ライブラリー）一九九一

宮沢清六『兄のトランク』（ちくま文庫）一九九一

栗原敦『宮沢賢治　透明な軌道の上から』（新宿書房）一九九二

杉浦静『宮沢賢治　明滅する春と修羅』（蒼丘書林）一九九三

大塚常樹『宮沢賢治　心象の宇宙論《コスモロジー》』（朝文社）一九九三

萩原昌好『宮沢賢治「修羅」への旅』（朝文社）一九九四

鈴木健司『宮沢賢治　幻想空間の構造』（蒼丘書林）一九九四

中沢新一『哲学の東北』（青土社）一九九五

宗左近『宮沢賢治の謎』（新潮選書）一九九五

芹沢俊介『宮沢賢治の宇宙を歩く―童話・詩を読みとく鍵』（角川書店）一九九六

小倉豊文『宮沢賢治「雨ニモマケズ手帳」研究』（筑摩書房）

秋枝美保『宮沢賢治　北方への志向』（朝文社）一九九六

安藤恭子『宮沢賢治〈力〉の構造』（朝文社）一九九六

小森陽一『最新宮沢賢治講義』（朝日選書）一九九六

西成彦『森のゲリラ　宮沢賢治』（岩波書店）一九九七

斎藤孝『宮沢賢治という身体―生のスタイル論へ』（世織書房）一九九七

奥山文幸『宮沢賢治『春と修羅』論―言語と映像《モンタージュ》』（双文社）一九九七

松田司郎『宮沢賢治の深層世界』（洋々社）一九九八

編注

この文庫本テクストは原則として、ちくま文庫『宮沢賢治全集』(筑摩書房)を底本とした。ただし、『春と修羅』第一集の「くらかけ山の雪」「カーバイト倉庫」「恋と病熱」の三篇は、自筆手入れ本のうちの宮沢家所蔵本を本文として採用した。また「補遺詩篇」と「詩ノート」の作品の順序は現在刊行中の『新・校本全集』の配列に依った。ルビについては少し読みやすいように工夫したが、逆に読み方や意味を固定したくないために難解な文字でも付さなかったものもある。なお、巻末の語注は一部、編者もその編纂にかかわっている『新・宮沢賢治語彙辞典』(東京書籍)を参照した。

Haruki Bunko
ハルキ文庫

み1-5

宮沢賢治詩集《みやざわけんじししゅう》（新装版）

著者　宮沢賢治《みやざわけんじ》

1998年4月18日第一刷発行
2019年3月18日新装改訂版 第一刷発行
2024年10月8日新装改訂版 第四刷発行

発行者　角川春樹

発行所　株式会社角川春樹事務所
〒102-0074 東京都千代田区九段南2-1-30 イタリア文化会館

電話　03(3263)5247(編集)
03(3263)5881(営業)

印刷・製本　中央精版印刷株式会社

フォーマット・デザイン　芦澤泰偉
表紙イラストレーション　門坂 流

ISBN978-4-7584-4246-6 C0192 ©2019 Printed in Japan
http://www.kadokawaharuki.co.jp/[営業]
fanmail@kadokawaharuki.co.jp[編集]　ご意見・ご感想をお寄せください。

金子みすゞ童謡集
(新装版)

〈見えぬけれどもあるんだよ、見えぬものでもあるんだよ〉(「星とたんぽぽ」)。大正末期、彗星のごとく登場し、悲運の果てに若くして命を絶った天才童謡詩人・金子みすゞ。子どもたちの無垢な世界や、自然や宇宙の成り立ちをやさしい詩の言葉に託し、大切な心のありかを歌った全百篇を収録。目に見えない「やさしさ」や「心」を、もう一度見つめ直すための一冊。